农民工学技能丛书

医疗护理

南京军区福州总院护理部

福建科学技术出版社

编者的话

近年来，我国每年有大量农村劳动力向城镇转移，就业于工业企业、建筑行业、服务行业等。他们已经成为产业工人的重要组成部分，为城市创造了财富，提供了税收。打工经济也成为一些地方经济新的增长点，农民的重要增收来源。

与此同时，我国农村劳动力整体还缺乏转移就业的职业技能，难以在城镇实现稳定就业，难以提升从业的岗位层次。职业技能短期培训、学习是改善这种情况的有效手段，它能使农民工在短期内掌握一门技能，上岗就业，且实现由体力型劳务向技能型劳务转移。党中央文件明确指出，加强对农村劳动力的职业技能培训，是提高农民就业能力、增强我国产业竞争力的一项重要的基础性工作，各地区和有关部门要作为一件大事抓紧抓好。

为方便各地培训班的教学和满足农民兄弟的自学需要，我们组织了有职业技能培训经验的教师，以及工作在生产第一线的高级技师，紧扣各行业对从业者的实际需求，编写了这套丛书。在写法上，我们力求图文并茂，通俗易懂，开门见山，避开过深的理论知识，直入职业工作中应知应会的知识与技能，便于学习者快速地领会贯通。

整套丛书涵盖了农民工大量就业的约 20 个职业（工种）。

虽说这套丛书的初衷是满足农民工技能学习之需，但它同样适用于下岗再就业人员和其他求职人员。它可作为各地职业培训机构、职业学校的短期培训教材，也适于读者自学。

前　言

随着社会的发展和进步、人民生活水平的提高，对护工的需求越来越大，要求也越来越高。越来越多的打工者走进了护工这个行业，在医院、社区或家庭，很多病人接受了护工提供的服务。护工的服务内容主要是照料病人的起居生活。由于护工服务的对象是人群中的老弱病残——弱势群体，护工貌似简单的照料工作中包含着很多人为和技术的因素。

在许多城市，从事护工工作的人员文化水平不等，基本没有受过专门的培训，缺乏护理知识。到目前为止，尽管有不少护理教材，但是还没有一本实用的适合于护工培训的专门教材。护工从业者也无法进行自我培训和学习，提高自身的素质和技能。

结合理论和实际经验，南京军区福州总医院护理部组织编写了护工培训教材。这本教材是护工工作的基础，书中介绍了相关的护理基础知识和基本技能，简述了护工应具备的基本素质，力求通俗易懂。

本书由翁庐英、李妮、彭山玲、苗海萍、赵璧编写，由闫成美审稿，由翁庐英、彭山玲统稿。限于编者的能力和水平，书中难免错误和疏漏，敬请广大读者批评指正。

编者

2005 年 3 月

目 录

第一章　护工基础知识

一、护工的职责与工作内容

随着社会的发展、医学的进步和人们生活水平的不断提高，人类的平均寿命正在逐渐延长，老年人在整个人口中所占的比例在不断增加。同时，由于"空巢"家庭逐渐增多，部分住院病人需要一对一的陪护，而家属又难以顾及，因此对护工的需求越来越多。护工的来源主要是农民工，加强护工的培训和管理，提高护工的护理专业知识已经成为社会关注的热点问题。国家卫生部于1997年6月20日发布的《卫生部关于进一步加强护工管理工作的通知》中明确指出：护工不属于护士，必须经省级卫生厅行政部门指定的医疗卫生机构培训，完成规定课程，并取得省级卫生行政部门颁发的合格证书，方可从事护工工作。护工不能从事护理技术性操作及对危重病人的生活护理。

护工工作的主要内容：在科室护士长、护士的指导下及在临床支持中心等护工管理部门考核监督下进行工作。护工主要负责卧床病人的生活护理（刷牙、漱口、洗脸、进食、洗头洗脚、擦身更衣、倾倒大小便等）；积极维持病区环境清洁整齐及保持病床单的整洁；协助护士完成病人大小便标本的留取、计量；做好为卧床病人饭前洗手，按时送饭、送水到床边；做好餐具、便器和床单位的清洁消毒工作。

二、护工工作的特性

护理工作有许多性质，它的主要特性是：

（1）照顾病人时，能减轻病人的疼痛；

（2）能带给病人身心的舒适；

（3）能协助病人恢复健康。

护工如果能辨认疾病的症状，可及早发现病人的异常，使病人及时获得治疗，从而控制病情的发展，挽救病人的生命。有了照顾病人的知识，就会有照顾患者的信心。熟练的技术与知识更能使护工胜任照顾病人的工作，节省照顾病人所需要的时间，并从照顾病人这件繁杂的工作中体会乐趣。

每个病人都有相当的洞察力，他们能辨认护工的诚意，尊敬和顺从技术良好的护工。他们对护工的态度相当敏感。在受照顾的过程中，能了解护工的照顾能力。当病人不能照顾自己时，假如有人和他沟通，并说明护理有关事项，然后对其进行护理，他就比较容易接受并乐于合作。

每个病人都希望能恢复独立的自我，但病人常常需要被鼓励才能自我照顾。因为疾病会使病人失去健康的自我，产生强烈的依赖性。这种依赖情况尤其在老年人中常可看到。他们感到自己没希望，是他人的累赘，因此，往往不容易配合。而拥有相当知识和技巧的护工，就能使他们乐于合作。同时，护工还要积极和医生、护士合作，促进病人及其家庭和社会成员的沟通，以利早日恢复健康。

三、护工的职业道德

护工工作对象是病人，他们与病人的接触最广泛、最密切、最经常。护工的职业道德水准是高还是低，行为是高尚还是卑劣，心地是善良还是丑恶，处事是公正还是偏私，主要反映在护工与病人的关系上。因此，护工的职业道德首先应当在这方面规定护工的行为准则，因为这方面的问题也直接或间接地影响到护患关系，从而影响到病人的治疗与康复。

护工要热爱护理工作，忠诚于本职工作。病人中有的清醒，有的昏迷，有的慢疾缠身，有的急病凶险，他们来自社会的各个阶层，年龄、性别、性格各不相同，这一特定的工作对象，决定了护工工作的复杂性。因此要求护工必须具备高尚的道德情操和人道主义精神，要不怕脏，不怕累，忠于职守，工作作风严谨，护理技术精益求精，态度要亲切和蔼，服务要热情周到，尽力给病人提供方便，对病人要体贴同情，富有爱心。因为体贴同情本身就具有一种心理治疗的作用，护工亲切的表情可使病人充满信心，感到温暖。反之，如果带着厌恶或冷漠的态度，就会使病人感到屈辱甚至激怒，从而加重病情。

每一位护工应具有一颗善良而纯洁的心，想病人之所想，待病人如亲人。护工仪表应整洁端庄，语言应文明礼貌，尊重病人。护工不仅应有良好的服务态度，而且应该注意语言美。护理病人就要及时了解病人的心理动态和情绪变化。优美的语言能增强病人的信赖感，使病人乐意同你接触，与你交谈。因此，文明的语言沟通是十分重要的。此外，良好的个性与仪表也是十分重要的，这会使病人愉悦。在工作上，要求有条不紊、严肃认真。在个人遇到困难和挫折时，能理智地控制自己的感情，心胸宽

3

阔，决不因个人的情绪影响工作。对那些脾气暴躁、爱挑剔的病人，决不与其计较，始终保持护工崇高的职业道德。

四、照顾病人的计划原则

每日每次要照顾病人时，都要随时依照病人病情的变化做"护病计划"。

护病计划是根据病人的年龄、性别、病情、状况、身体受损程度、病人对疾病的认识程度、对疾病所产生的痛苦忍受度和恢复健康的欲望程度，去决定病人所需要的照顾程度。

做护病计划时，不可忽略医生的指示和疾病的严重程度。计划必须具有弹性，因为病人的病情可能随时发生变化。要随着病情变化及改变的治疗和饮食照顾病人。当病人的情况发生急变时，护工也要改变本身的日常生活方式，重新安排自己的时间和照顾病人的方法。

五、照顾病人的基本要求

照顾病人时，护工需要谨慎、敏感地注意自己的工作是不是达到了护理要求。要不断摸索经验和改进方法，提高工作质量。护理病人必须注意以下的基本要求。

1. 舒适
病人是否感觉到舒适不仅与其所受到的照顾有很大的关系，而且与他能否早日康复有更密切的关系。"姿势"是影响舒适的因素。不论是躺在床上、坐在椅子上还是起来走动，良好的姿势，会让人感到舒适。病人最需要卧床休息或睡眠，所以一个干燥、洁净、平坦的床和高度适合的枕头，可带给病人最起码的舒适。反之，不正确的姿势只会增加病人的痛苦，加重病情。舒适的床并不等于让病人卧床不动，因为完全的卧床休息反而对病人有害。除非医生吩咐病人不可以动，否则卧床的病人应该每隔2～4小时翻身一次，因为活动能帮助病人维持肌肉的张力，避免肢体变形、关节萎缩，因此活动对病人恢复健康很重要。护工要积极鼓励病人在病情允许的情况下，尽量多做活动。

2. 安全

照顾病人时，应想到病人安全的重要性。医疗照顾所指的安全是指疾病的预防，例如：要妥善处理病人的大、小便，鼻腔和咽喉分泌物，伤口化脓物等污染物，以免造成交叉感染。处理污染物后以及饭前要注意洗手，以免传播疾病。应按医嘱安全地给予药物。协助治疗时，应使用正确的技术。神志不清的病人床边，应有栏杆设施，以免坠床。还要注意病人环境的安全，房间要有充足的光线，且通风良好，防止病人因浴室、厕所、楼梯等地面滑跌倒的事故发生。

3. 经济

护工须懂得如何节省体力、时间，降低物品的损耗。工作时保持良好的姿势就是节省体力的方法。在工作之前，必须先安排好工作的步骤，准备好要使用的器具，这样就可以节省时间和来回取物的体力。必要时，可利用废物制作照顾病人的必需物品，或巧妙地利用替代品，为病人节约开支。

4. 效果

照顾病人的方法不限于一种，照顾的技术也有很多种。每一种病会因病人的合作程度、疾病的严重程度以及病人接受疾病程度的不同，而需采用不同的照顾法。同一病人在不同时间也会有不同的需要。护工可能需要试用不同的方式来照顾病人。每次为病人做完事后，必须自问"有效吗?""有没有更安全、更节省时

5

间和用品的有效方法?"如果每次都抱着这种研究的态度,照护的时间一久,自然会找出更有效的工作方法。

5. 秩序

病室环境对病人的康复具有重要的作用。零乱不整、喧闹的病房都会影响病人的康复,也影响护工的工作,因此病室必须保持整洁、有序。

6. 仪表

整洁的外表和病人的个人卫生有直接的关系,要经常定期做好病人的基础生活护理,如洗头、洗澡,更换衣物、被褥,理发、剃须等,不但使病人感到舒适,也会使病人精神振作,保持生命的活力。

总之,护工在工作中,需经常注意以上六个因素,做有心人,在工作实践中积极摸索经验,就一定能不断进步,成为一名出色的护工。

六、人体主要部位和疾病的护理要点

人体可分为头、颈、干和四肢四部分。头的前部称面部;颈的后部称项部。躯干的上份前面称胸部,后面称背部。躯干的中份前面称腹部,后面称腰部。躯干的下部称骨盆,其下面称会阴。躯干的内部有胸腔、腹腔和盆腔,总称为体腔。心脏和肺位于胸腔内,外有肋骨保护和支撑;胃、脾、胰和十二指肠位于腹腔内;盆腔内有大、小肠和膀胱。四肢分为上肢和下肢。上肢分为肩、臂、前臂和手四部分,下肢分为臀、大腿、小腿和足四部分。

运动系统由骨、骨连接和肌肉三部分组成。全身各骨互相连接构成骨骼,它是人体的支架,对人体起支持、保护和运动作用。肌肉附着在骨上，在神经支配下进行收缩和舒张，牵拉骨而产生运动。

脉管系统包括心血管系统和淋巴系统两部分。心血管系统由心和血管组成。淋巴系统由淋巴管道、淋巴器官和淋巴组织组成。心、血管和淋巴管道互相连通，共同组成一套密闭的管道系统。血液在心、血管内循环流动，称血液循环，可分为相互连续的体（大）循环和肺（小）循环两部分。淋巴在淋巴管道内向心流动，最后汇入血管，称淋巴循环。因此，血液循环和淋巴循环是整个脉管系统不可分割的两部分，共同担负体内的物质运输功能，如营养物质、氧、激素及代谢产物等，以保证人体各部组织新陈代谢的正常进行，维护体内环境理化性质的相对恒定。以淋巴组织为主构成的器官统称为淋巴器官，主要包括淋巴结和脾。淋巴结配布在淋巴循环的途径上，脾在血液循环的途径上，它们共同担负着机体的防御功能。在护理心血管疾病的病人时，如果病人发热出汗，要及时更换内衣和床单，注意保暖，以免受凉感冒。鼓励和协助病人刷牙、漱口和口腔护理。病人每次便后和每晚都要清洗肛门和会阴部。病室要保持清洁、整齐和空气新鲜。

呼吸系统由呼吸道和肺组成。呼吸道是输送气体进出肺的管道，肺是进行气体交换的器官。呼吸道包括鼻、咽、喉、气管、主支气管等。临床上常将鼻、咽、喉称为上呼吸道，气管、主支气管及其在肺内的各级分支称为下呼吸道。呼吸系统的主要功能是进行气体交换。即不断地由外界吸入氧，呼出体内在新陈代谢过程中产生的二氧化碳。在护理呼吸系统疾病的病人时，要特别重视呼吸道隔离措施。病室内应保持空气流通、每日定时通风，但要避免强烈对流。空气消毒每日至少一次，要注意观察病人咳嗽、咳痰、咯血和胸痛等情况，发现异常应及时报告医生和护士。

消化系统由消化管和消化腺两部分组成。消化管包括口腔、咽、食管、胃、小肠和大肠。消化腺包括唾液腺、肝和胰等。消化系统的主要功能是消化食物、吸收营养物质和将食物残渣排出体外。在护理消化系统疾病的病人时，要特别注意饮食卫生，病人应定时、定量，少食多餐，避免吃生冷、刺激性和油煎炸食物。呕吐者应及时观察和记录呕吐次数，呕吐物的性质、气味、颜色、数量。腹痛、腹胀者应注意观察大便次数、形状、性质、颜色、气味、量，必要时留取标本。凡遇见病人呕吐、腹痛、腹泻、呕血、血便者，应及时报告医生和护士。

泌尿系统由肾、输尿管、膀胱和尿道组成，是人体代谢产物的主要排泄器官。机体在进行新陈代谢过程中所产生的废物，如尿素、尿酸、多余的无机盐和水分等，随血液运送至肾，在肾内形成尿后，经输尿管输入膀胱暂时贮存，再经尿道排出体外。泌尿系统对保持人体内环境的相对恒定、维持生命活动的正常进行起着重要作用。护理泌尿系统疾病的病人时，应注意病人饮食、饮水量和尿量，必要时做记录。如病人有高血压、心功能不全或水肿时，应限制进入体内的水量；少尿、无尿者限制高钾食物，如柑橘、香蕉、西瓜等水果。还要注意皮肤、口腔、外阴（女性患者）的清洁，避免受凉、感冒和接触病毒。

第二章　沟通技巧

一、沟通

沟通是一个遵循一系列共同规则互通信息的过程，人们通过沟通与周围的社会环境相联系。沟通是形成人际关系的重要手段。护工在工作中与病人接触最多，必然涉及与病人的沟通，所以应掌握一定的沟通技巧，以达到与病人的有效沟通。

沟通可分为语言性沟通和非语言性沟通。

1. 语言性沟通

使用语言或文字进行的沟通称语言性沟通。在实施护理过程中，都必须使用语言与病人进行沟通。

2. 非语言性沟通

不使用语言、文字的沟通为非语言性沟通。它可以是伴随着语言沟通所发生的一些非语言性的表达方式和行为，包括面部表情、身体姿势、语气、语调、手势、眼神的流露和空间位置等。具有以下特点：

非语言性沟通可改变语言性沟通所表达的意思。同样一句话，可因语气、语调不同或其他的非语言性表达的不同而产生不同的意思。

非语言性表达比语言性表达更接近事实。应格外注意自己的非语言性表达，同时要善于观察病人的非语言信息。因为非语言性表达的信息并不是清楚的信息，所以在可能的情况下，应鼓励病人将非语言信息用语言信息表达出来。

特定环境下的非语言性表达具有特定的意义。如嘴唇紧闭，可能代表生气。

二、沟通技巧

为使沟通顺利进行，除了了解沟通的一般知识外，还必须掌握并合理运用一些沟通的技巧，以鼓励病人说出自己的感受，增加护患间彼此的了解。

1. 倾听的技巧

倾听并不单纯是只听病人所说的话，而应"整个人"参与进去，观察、了解病人的非语言行为所表达的信息。倾听中使用的技巧有以下几种：

（1）参与。表示全神贯注地倾听。

①与病人保持适当距离，一般保持 0.5～1 米的距离较为适当；

②保持放松、舒适的姿势；

③与病人保持目光交流；

④避免注意力不集中的动作，如不时地看表等；

⑤给对方以及时的反馈和适当的鼓励，如轻声说"是"、"嗯"或点头等，表示理解和鼓励对方继续说下去。

（2）核实。核对自己的理解以获得或给予反馈。

①复述：将病人的话复述一遍，尤其对关键内容，但不加评论。

②意述：将病人的话用自己的语言复述，但保持原意。

③澄清：将病人模糊的、不完整或不明确的叙述弄清楚，有时还可获得意外的收获。

10

④总结：用简要、结论的方式将病人的话复述一遍。

在核实时，护工应注意稍作停顿，以便让病人纠正、修改或明确他所说的话，同时，运用核对的技巧，可以协助护患建立良好的关系。

（3）反映。将对方所说的全部内容回述给对方，尤其是病人语句中隐含的意义，使对方明确你已理解了他的意思。

2. 其他沟通技巧

（1）自我开放。简言之就是坦率、真诚。生活中人们总希望和具有此类品质的人相处。

例如，让病人一起分享自己的感受，包括自己的经历或以前所照顾过的类似病人的经历；感受病人此时此地的心境等。

（2）沉默。适当运用沉默会有意想不到的效果。因为沉默可以给病人以思考的时间，也给自己以观察病人非语言行为的机会。尤其在病人悲伤、焦虑时，适当的沉默可让病人感觉到护工在真心地听、在体会他的心情。但若不适当地应用沉默，会使护患双方感到不自在。

（3）触摸。触摸可以表达关怀、支持，使情绪不佳的病人平静下来。触摸也是与视觉、听觉有障碍病人的有效沟通方法。但由于地域、风俗习惯和文化背景等的不同，若不适当地应用触摸，有时会产生误解。

三、阻碍有效沟通的因素

1. 个人因素

个人因素包括信息发出者和接受者的因素，如：

（1）身体状况。任何一方有身体不适现象，如疲劳、疼痛，或有失语、耳聋等，都会影响沟通效果。

（2）情绪状态。双方或一方处于情绪不佳时，也会影响信息的传送。

（3）知识水平。双方文化程度不同，对事物的理解也不同。另外，年龄的差别也会影响沟通。

（4）社会背景。不同职业、社会阶层、民族的人由于生活、习惯的不同，表达其思想、感情和意见的方式也不一样，因此会造成许多误解。

（5）其他。个体的自我概念、个体特征、沟通技巧等，均是影响沟通的重要因素。

2. 环境因素

（1）物理环境。主要指环境的舒适度，包括光线、温度、噪声等。

（2）社会环境。主要指环境的隐秘性及安全性。

3. 沟通技巧因素

以下几种情况经常阻碍有效沟通的进行：

（1）改变话题：对于谈话内容中没有意义的部分，护工如果很快改变话题，就会阻止病人说出有意义的事情，也给病人一种护工不愿听他说话的感觉。

（2）主观判断：当护工用说教式语气来作判断，如“你不该这么说”时，病人可能以为护工不愿再交谈下去而停止叙述。

（3）虚假、不适当的安慰：这会给病人一种敷衍了事的印象，如“你一定会好的，别胡思乱想”。

（4）匆忙下结论或解答：一般情况下，病人很少在谈话之初就说出自己的重点，匆忙地回答病人会阻碍病人继续说下去并使病人有不被理解、孤立的感觉。

（5）针对性不强的解释：当护工的解释与病人的自我感受不相符时，病人就会觉得无法再交谈下去。

四、与特殊病人的沟通

1. 发怒的病人

病人发怒往往是害怕、焦虑或无助的一种征象。因此，护工即使事先知道病人在生气，也要询问，让病人自己说出来，同时表示接受、理解，并帮助病人找到原因，尽可能解决。也可让病人暂时做一些体力活动，以另一种形式来发泄。在护理过程中，护工千万不可让病人的情绪感染自己，以怒制怒。

2. 哭泣的病人

病人哭泣表明悲伤，也是一种对健康有益的反应。一个因悲伤而哭泣的人，若过早被制止，他很可能感到一种强烈的情绪无法表达出来，可能会导致他采取不健康的形式来发泄。所以，当病人哭泣的时候，不应阻止他，而应让其宣泄。护工可让病人独处，或陪伴病人、安抚病人，鼓励其说出哭泣的原因。

3. 抑郁的病人

当病人觉得自己对家庭、社会没有价值，悲观失望，甚至有自杀倾向时，往往表现为抑郁。对这种病人，护工平时要多观察。抑郁的病人往往说话迟缓，反应少，注意力不集中。护工应该多注意，以亲切的态度对待他，使病人感到有人关心，受到重视。

4. 感觉缺陷的病人

护工首先不要加重这类病人的自卑感，可运用亲切的语言，适当的关怀，创造良好气氛，然后采用有针对性、有效的方法努力达到沟通。如对聋哑病人，用纸笔或能让病人看到的嘴形、哑语等与之交谈；对视力不佳的病人，可运用触摸，让病人感觉护工就在他的身边关心着他。

5. 危重病人

护工与危重病人沟通时，应以不加重病人负担为前提。交谈时间应尽量短，提问以封闭式问题为好，或更多地使用非语言方式来进行沟通。

第三章　病情观察与记录

护工护理病人的生活起居，每天都和病人在一起，能自觉和不自觉地观察到病人的病情变化。学会有意的观察并注意积累经验，会提高观察病情的能力，正确判断病人的需要。护工可以通过以下几个方面进行观察。

一、一般情况和心理状态的观察

1. 发育和营养

发育是以身高、胸围、体型、身体各部分的对称性和年龄比较来估计。营养以皮肤、毛发、皮下脂肪和肌肉发育来判断。

2. 面容与表情

面容和表情可以反映病人的精神状态与病情的轻重缓急。如高热病人表现为两颊潮红、呼吸急促、口唇干裂等急性病容；肺结核长期发热病人，由于久病体虚，大量消耗及营养差，往往表现为消瘦无力、面色苍白、精神萎靡、双目无神等慢性病容；休克病人表现为面色苍白、出冷汗、口唇紫绀等重病面容；破伤风病人呈苦笑面容；某些疾病引起疼痛时，病人常呈双眉紧皱、闭目呻吟、辗转不安等痛苦病容。

3. 姿势和体位

病人的动静姿势和体位常与疾病有关，不同的疾病可使病人采取不同的体位。多数病人一般安静平卧，活动自如，称为自动体位。极度衰竭或神志不清、意识丧失的病人，因不能随意移动其躯干和四肢，需由他人搬动称为被动体位。由于疾病的影响被迫采取某种姿势以减轻痛苦者称为强迫体位。如患有胸膜炎或胸腔积液的病人，喜欢保持病侧卧位的睡姿使患侧的呼吸运动减少，疼痛减轻，又不使积液压迫肺脏，让健侧肺的呼吸活动增强，达到代偿的目的。又如急性肺水肿、心力衰竭的病人常取端坐位以减轻呼吸困难；而急性阑尾炎、腹膜炎病人常取弯腰捧腹、双腿蜷曲的姿势，以减轻腹部肌肉紧张。某些姿势与体位是疾病本身固有的症状，如脑膜炎、破伤风病人因背部肌肉痉挛而呈角弓反张。

4. 皮肤与黏膜

某些疾病的病情变化可通过皮肤黏膜反映出来。如休克病人皮肤潮湿、四肢发冷、面色苍白；巩膜和皮肤黄染时表示黄疸，常是肝胆疾病的症状；心肺功能不全的病人因缺氧而使皮肤黏膜、特别是口唇及四肢末梢出现紫绀；失水病人皮肤干燥、弹性降低。因此，观察病人时应注意皮肤的弹性、颜色、温度、湿度及有无皮疹、出血、水肿等情况。对长期卧床病人还应观察褥疮好发部位的皮肤色泽及变化情况。

5. 饮食与睡眠

饮食在疾病治疗中占有重要位置，故应观察病人的食欲、食量、饮水量，以及有无厌食、嗜食异物和治疗专用饮食情况。如糖尿病病人饮食控制的好坏与治疗效果有密切关系。而睡眠的深浅、时间的长短、有无失眠或嗜睡等现象也均应仔细观察。对肝昏迷或脑溢血病人意识丧失后发出的鼾音要仔细辨别，如有怀疑，可观察病人能否唤醒，了解有无意识障碍。

6. 排泄物的观察

（1）大便、小便的观察：二便的观察对疾病的诊断和治疗有密切关系。正常大便黄褐色、成条、质软。一日排一二次。如果大便次数增加或减少，质与量有改变，如便中有鲜血、黏液，就要马上留取一点大便，送给医生看。必要时，送检验以供诊断疾病时参考。通常有感染性疾病、食物中毒、吃了不消化的食物或情绪紧张等情况时，大便可能呈水样。若因为肠炎或肠癌，大便中可能会带有黏膜。若因为胃或肠的溃疡大便则呈现黑色。

正常排出的新鲜小便颜色清晰透明，呈深黄或浅黄色，没有沉淀。如果小便解不出来，或者解小便时有烧灼感、疼痛感，则可能有感染发炎。如果小便内含有血液，或者小便混浊、有沉淀，都是不正常现象。

（2）痰液的观察：肺、支气管发生病变，呼吸道黏膜受到刺激，分泌物增多，可有痰液咳出。如肺炎双球菌性肺炎咳铁锈色痰；肺水肿病人咳粉红色泡沫痰；支气管扩张病人痰量多，每日可达数十到数百毫升，多为黄色脓性痰，静置后可分为三层。因此，观察痰液的性质、颜色、气味和量，对疾病的诊断有一定的帮助。

7. 心理状态的观察

病人的心理状态和精神面貌与疾病的治疗及预后有密切的关系，不良的心理状态还会导致其他身心疾病的产生。心理状态的观察应从病人对健康的理解、疾病的认识和住院的反应，病人人际关系、平时充当的角色及处理问题的能力，从价值观、信念等方面来观察其语言和非语言行为、思维能力、认知能力、情绪状态、感知情况等是否正常，有无记忆力减退、思维混乱、反应迟钝、语言、行为怪异等情况，及有无焦虑、恐惧、绝望、忧郁等情绪反应。

二、记录

记录病人每日病情的变化也是护工的重要工作之一。这些记录可以为医生和护士提供参考。所以凡是病人自我感觉、病人行为、护工观察到的病人异常症状及所给予的护理都要记录下来。

记录中包括的观察项目，最好按顺序观察记录，以免遗漏。一般记录的内容有：

1. 神志

观察神志变化，目的在于了解意识障碍的程度，包括语言表达是否清晰，声音是否有力，精神是否萎靡，反应是否迟钝，意识是否模糊，嗜睡和昏迷深浅如何等。

2. 面色

面色往往可以给人一种初步的印象。正常人面色红润，且有光彩。不同器官疾病引起的各种面色改变，可以通过认真周密的观察，来了解病情的轻重程度。

3. 排泄物

排泄物包括大小便、痰等。许多疾病均可造成排泄物的异常，通过对排泄物的肉眼观察，可对某些疾病做初步的判断。

4. 皮肤

由于某些疾病可以引起皮肤的改变，因此通过观察分析，有助于临床诊断和了解病程的发展。

5. 睡眠

充足的睡眠和良好的睡眠习惯，能保证病人机体内环境的调节和组织的再生与修复，但各种疾病造成的疼痛、恐惧、情绪波动等因素均会影响睡眠，以致加重病情。因此必须注意对睡眠情况进行观察。

6. 食欲

对病人食欲的变化、摄入食物的种类、食水量、嗜好等，必须进行仔细的观察和记录。

7. 体温、脉搏、呼吸、血压

体温、脉搏、呼吸、血压是机体内在活动的一种客观反应，它是衡量机体状况的可靠指标，临床上称之为生命体征。通过对体温、脉搏、呼吸、血压的观察，可以了解机体重要脏器的机能活动，并可反映某些疾病的病情特点与发展。

8. 瞳孔

对病人瞳孔的观察对中枢神经系统病变的定位、病理情况和疾病程度的判断具有很高临床价值。

三、病人记录样式与范例

下表为病人记录样式与范例。

日期	时间	观 察 所 见	治疗及护理
	14：00	体温 38.6℃，脉搏 90 次/分钟，呼吸有呼噜声，喉痛	卧床休息，喝橘子水 150 毫升，用盐水漱口，温水擦拭全身
2004.9.20	15：00	说头痛，体温 38.4℃，出汗，喉较舒适，吐痰，痰色黄、量少（两口）	喝开水 100 毫升漱口
	16：00	头痛减轻，体温 37.8℃，出汗，小便一次，黄褐色，量 100 毫升	停用冰袋，喝牛奶200毫升
	21：00	不适减轻，卧床入睡	
2004.9.21	7：00	体温 36.8℃，脉搏 80 次/分钟，呼吸 20 次/分钟，睡眠尚可，醒来两次，脚酸无力，大小便正常，喝一杯热牛奶	协助走到厕所 协助刷牙、洗脸、梳头

第四章　清洁、消毒与灭菌

清洁、消毒、灭菌是预防和控制医院感染的一个重要环节。它包括医院病室内外环境的清洁、消毒，诊疗用具、器械、药物的消毒、灭菌，以及接触传染病病人的消毒隔离和终末消毒等措施。

一、基本概念

1. 清洁

清洁是利用机械的擦洗作用（肥皂的皂化作用和流动清水的冲洗作用）达到去除污垢的作用。

2. 消毒

消毒是指杀灭或清除传播媒介上的病原微生物，使之达到无害化的处理。根据有无已知的传染源可分为预防性消毒和疫源性消毒；根据消毒的时间可分为随时消毒和终末消毒。

传播病原体的媒介有生物媒介（蚊子、苍蝇、跳蚤）和非生物媒介（空气、水、食物、物品、手等）。在消毒学中，"消毒"是针对非生物媒介上的病原微生物，通过消毒达到无害化，即消除媒介的传播作用。

3. 灭菌

灭菌是指杀灭或清除传播媒介上的所有微生物（包括芽胞），使之达到无菌程度。经过灭菌的物品称"无菌物品"。用于需进入人体内部，包括进入血液、组织、体腔的医用器材，如手术器械、注射用具、一切置入体腔的引流管等，要求绝对无菌。

消毒与灭菌是两个不同的概念。灭菌可包括消毒，而消毒却不能代替灭菌。消毒多用于卫生防疫方面，灭菌则主要用于医疗护理。

二、常用清洁、消毒、灭菌方法

1. 手的清洁法

手的清洁法通常就是洗手。用肥皂及流水洗手对去除污垢及减少细菌数量都是有效的，但必须遵守操作程序。病房洗手池的水龙头最好用脚踏开关。洗手步骤如下：

（1）洗手前应将长袖向上卷起至离腕关节 10 厘米左右处。手表可推上或取下，以免被水浸湿。注意使身体与洗手池保持一定距离，衣服也不可接触水池。

（2）打开水龙头；在整个洗手过程中应防止水溅到池外。

（3）用肥皂或皂液搓洗 15 秒钟，搓洗手掌，手背，每个手指、指间及关节。以环形动作用力搓擦。这样手上表面的污垢及附着的微生物都与皂泡混合在一起。肥皂是一种阴离子型清洁剂，能降低表面张力，有利于油脂乳化，易于洗净。

（4）把带有污垢的肥皂泡沫冲洗干净，让水经手指流下。前臂及手腕也以旋转动作搓擦冲洗干净。

（5）特别注意将指甲下面与周围清洗干净，每日至少这样洗一次。既可在第一次洗手时做到，也可反复清洗多次。

（6）在整个过程中要注意手及前臂须低于肘部，手始终下垂。

（7）洗手后可用软纸或小毛巾将手擦干，防止皮肤因受到刺激而变得粗糙，需要时可擦油。

2. 物理消毒灭菌法

(1) 燃烧法。燃烧法是一种简单、迅速、彻底的灭菌方法，因对物品的破坏性较大，故使用范围有限。燃烧法有下面两种。

烧灼：一些耐高温的器械（金属、搪瓷类），在急用或无条件用其他方法消毒时可采用此法。将器械放在火焰上烧灼1～2分钟。若为搪瓷容器，可倒少量95％乙醇，慢慢转动容器，使乙醇分布均匀，点火燃烧至熄灭1～2分钟。

焚烧：某些特殊感染，如破伤风、气性坏疽、绿脓杆菌感染的敷料，以及其他已污染且无保留价值的物品，如污纸、垃圾等，应放入焚烧炉内焚烧，使之炭化。

(2) 微波法。微波是一种高频电磁波，其杀菌的工作原理，一是热效应，即微波所照之处产生分子内部剧烈运动，使物体内外温度迅速升高；二为综合效应，即化学效应、电磁共振效应和场致力效应共同作用所致。微波消毒目前已广泛应用于食品、药品的消毒。

(3) 煮沸法。将水煮至100℃，保持5～10分钟沸腾，可杀灭繁殖体，保持1～3小时可杀灭芽胞。此法适用于不怕潮湿、耐高温的搪瓷、金属、玻璃、橡胶类物品。

煮沸法需要注意的是：在煮沸前先将物品刷洗干净，打开轴节或盖子，将其全部浸入水中；大小相同的碗、盆等均不能重叠，以确保物品各面与水接触；锐利、细小、易损物品用纱布包裹，以免撞击或散落。

(4) 日光消毒法。日光的热、干燥和紫外线作用，具有一定的杀菌力，将物品放在直射日光下曝晒6小时，定时翻动，使物体各面均受日光照射。此法多用于被褥、床垫、毛毯、书籍等物品的消毒。

(5) 自然通风法。定时开放门窗，以通风换气，这样可降低室内空气含菌的密度，在短时间内用大气中的新鲜空气替换室内的污浊空气。通风是目前最简便、行之有效的净化空气的方法。通风的时间可根据温度和空气流通条件而定。夏季应经常开放门窗以通风换气；冬季可选择清晨和晚间开窗，每日通风换气两次，每次 20～30 分钟。

3. 化学消毒灭菌法

化学消毒灭菌法即利用化学药物渗透细菌的体内，使菌体蛋白凝固变性，干扰细菌酶的活性，抑制细菌代谢和生长或损害细胞膜的结构，改变其渗透性，破坏其生理功能等，从而起到消毒灭菌作用。所用的药物称化学消毒剂。

凡不适于物理消毒灭菌而耐潮湿的物品，如皮肤、黏膜、病人的分泌物、排泄物、病室空气等，均可采用此法。

（1）浸泡法。将物品浸没于消毒剂内，在标准的浓度和时间内，达到消毒灭菌目的。

（2）擦拭法。擦拭物品表面，在标准的浓度里达到消毒目的。

（3）熏蒸法。熏蒸法即将消毒剂加热或加入氧化剂，使消毒剂呈气体，在标准的浓度和时间里达到消毒灭菌目的。

熏蒸法适用于室内物品、空气等不能蒸、煮、浸泡的物品的消毒。它可用如下化学品进行。

①纯乳酸。纯乳酸常用于病室的空气消毒。每 100 立方米的空间用乳酸 12 毫升加等量水，放入治疗碗内，密闭门窗，加热熏蒸，待蒸发完毕，移去热源，继续封闭 2 小时，随后开窗，通风换气。

②食醋。每立方米空间用 5～10 毫升食醋加热水 1～2 倍，闭门加热熏蒸到其蒸发完为止。因食醋含 5％醋酸可改变细菌酸碱环境而有抑菌作用，对流感、流脑病室的空气可进行消毒。

（4）喷雾法。喷雾法借助普通喷雾器或气溶胶喷雾器，使消毒剂产生微粒气雾弥散在空间，进行空气和物品表面的消毒。如用1％漂白粉澄清液或0.2％过氧乙酸溶液作空气喷雾。对细菌芽胞污染的表面，每立方米喷雾2％过氧乙酸溶液8毫升，经30分钟（在18℃以上的室温下），杀灭率可达99.9％。

附：消毒剂浓度稀释配制计算法

消毒剂原液和加工剂型一般浓度较高，在实际应用中，必须根据消毒的对象和目的加以稀释，配制成适宜浓度使用，才能收到良好的消毒灭菌效果。

稀释配制计算公式：$C1 \times V1 = C2 \times V2$

公式中：

$C1$——稀释前溶液浓度；

$C2$——稀释后溶液浓度；

$V1$——稀释前溶液体积；

$V2$——稀释后溶液体积。

例：欲配0.1％苯扎溴铵（新洁尔灭）溶液3000毫升，需用5％苯扎溴铵（新洁尔灭）溶液多少毫升？

这里，$C1 = 5\%$，$C2 = 1\%$，$V2 = 3000$ 毫升，求的是 $V1$，即苯扎溴铵（新洁尔灭）溶液体积

代入稀释配制计算公式得：$5\% \times V1 = 0.1\% \times 3000$ 毫升

$$V1 = \frac{1}{50} \times 3000 \text{ 毫升}$$

$X = 60$ 毫升

答：需用5％苯扎溴铵（新洁尔灭）溶液60毫升。

4. 常用物品清洁消毒法

（1）食具的消毒。

①食具先用洗洁精洗净。

②将食具放入无油、稍深的锅内。

③放入冷水，水要浸没所有食具。

④玻璃类、陶瓷类食具需用布包裹放入锅内消毒，以免在煮沸时破损。塑胶制品不宜使用煮沸消毒。

⑤加锅盖用火煮沸 15 分钟以上。

⑥等水凉后，用筷子取出食具，放在病人使用的碗柜内（病人的食具必须和其他人的分开放置）。

（2）布类用品的消毒。

①污染的衣物，先用 3% 消毒液浸泡 3 小时后再洗。

②在阳光下晒干。

③如果没有消毒液，可以使用煮沸法。

（3）被、毯的消毒。

①日晒消毒棉被、毛毯，需选大太阳日，在阳光最强时晒。

②最好离开地面，里外翻面晒。

（4）便器、厕所的消毒。

①厕所可使用 2%～3% 消毒药水，用抹布擦洗。

②便器每周至少消毒 1 次，用 3% 消毒药水泡 1 小时以上再清洗。

③便器清洗后晒干。

④厕所内用清洁剂刷洗，热水冲净。

（5）大、小便，呕吐物的消毒。

①用与大便或小便等量的 3%～5% 消毒液。

②混合消毒液在大、小便中放置 2 小时后倒掉。

③呕吐物和痰可直接倒入抽水马桶内，盛呕吐物的盆子则煮沸 15 分钟以上。

（6）室内、床、窗户的消毒。

室内、床、窗户的消毒可使用 3% 消毒溶液擦洗。

第五章　常用隔离种类及措施

一、严格隔离（黄色卡片）

严格隔离专为预防高度传染性及致命性的感染，以防止经空气和接触传播。如咽白喉、艾滋病、免疫低下病人中的疱疹感染。要求患者进入单人隔离室；入室人员戴口罩、帽子和穿隔离衣；室内一切物品专用，不能随意拿出；接触病人前后必须洗手；用过的物品应袋装，袋上有标志，再送消毒处理。

二、接触隔离（橙色卡片）

接触隔离用以预防高度传染性或对流行病学有重要意义的微生物感染，但又不需要严格隔离者。如皮肤白喉、耐药金黄色葡萄球菌感染、大面积烧伤等。要求患者进入隔离室；护工接触病人应戴口罩，护理病人应穿隔离衣，接触污物应戴手套；洗手与污物处理同严格隔离。

三、呼吸道隔离（蓝色卡片）

呼吸道隔离用于预防主要通过短距离内空气传播的感染，其中某些疾病也可通过直接、间接接触传播，但不常见。如麻疹、腮腺炎、流行性脑膜炎等。要求患者住入隔离室；密切接触病人必须戴口罩，不必穿戴隔离衣与手套；洗手与污物处理同严格隔离。

四、抗酸杆菌隔离（灰色卡片）

结核病传染性较低，但有长距离传播倾向，故另成一类。凡痰抹片阳性或胸片示活动性病变者才进行隔离，一般婴幼儿的肺结核不需隔离。要求患者进入有空气过滤设置的隔离室；与正在咳嗽的病人接触须戴口罩；工作服可能受到污染时穿隔离衣；洗手和污物处理同上。

五、肠道隔离（棕色卡片）

肠道隔离用于预防可因直接或间接接触感染性粪便而传播的疾病。如感染性腹泻、甲型肝炎、脊髓灰质炎等。患者可入隔离室，亦可对其进行床旁隔离；接触粪便要带手套，若工作服可能污染时要穿隔离衣；接触病人及其污物后要洗手；排泄物、呕吐物应灭菌后才能进入下水道，污染用品袋装并贴上标志送消毒。

六、引流液/分泌物隔离（绿色卡片）

引流液/分泌物隔离用于预防直接或间接接触感染性引流液或分泌物而传播的疾病。如小面积烧伤、皮肤和伤口感染、眼结合膜炎、感染性婴幼儿呼吸道感染。患者可进行床旁隔离；只在接触污染分泌物时带手套或穿隔离衣；洗手和污染物品处理同接触隔离。

七、血液/体液隔离（粉红卡片）

血液/体液隔离用于预防直接或间接接触感染性血液或体液而传播的感染。如乙型肝炎、丙型肝炎、巨细胞病毒感染、疟疾、丝虫病、梅毒等。患者可入隔离室或进行床旁隔离；为防止受到血液、体液污染，可穿隔离衣；接触血液、体液时应戴手套，之后认真洗手；诊断治疗用一次性器材（如注射器），用过的针头应放入有标记的耐刺的容器内；污染物品装袋标记送消毒。

第六章　安全护理

一、防烫伤

1. 热敷时

如用热水袋热敷法热敷：用开水、凉水各一半，水温约60～70℃（小儿、老人、昏迷病人的水温不超过50℃），注满热水袋1/2～2/3，排出空气，然后用布或毛巾包裹，放在病人需要的部位。给病人热水袋后要密切观察，发现皮肤发红应立即停用。

如用湿热敷法热敷：敷布的温度以病人能耐受而不觉烫为原则。一般热敷时间为15～20分钟。湿热敷过程中要经常注意皮肤的反应，避免烫伤。

2. 洗澡时

盆浴时应先放冷水再放热水，温度要适当。淋浴时应先调节好温度，防止烫伤病人。

3. 用烤灯时

应按如下方法正确使用烤灯才不至于烫伤。

（1）调整皮肤与烤灯的适当距离：25瓦烤灯与皮肤距离约35厘米、40瓦烤灯与皮肤距离约45厘米、60瓦烤灯与皮肤距离约60厘米，切勿灼伤病人。

（2）烤灯使用20～30分钟。

（3）每5分钟应检查受热部位有否疼痛、灼热、感觉迟钝的情形发生，防止受热起水泡的情况发生。

（4）床栏杆应包有毛巾或床单，以防床栏杆受热而烫伤病人。

（5）记录受热部位有否变化，例如发红、疼痛等情形发生。

二、防坠床

1. 加固床栏

放置床栏时应固定好，防止床栏松动引起病人坠床。

2. 协助翻身

陪护人员应熟悉各种翻身方法，以防止因操作不当给病人带来意外。

协助病人翻身时，陪护人员的双脚应前后分开，髋部下移，弯曲膝盖，并保持背部平直（以膝关节来调整高度），手臂应超出病人身体另一侧，动作应缓慢，避免移动过猛，造成病人撞及床栏或在没防护的情况下发生坠床。

3. 扶病人上下床

协助病人自病床移至床旁椅或轮椅时，陪护人员应先把椅背向着床尾，固定轮椅，拉起足踏板，摇高床头便于病人起床。

三、防滑倒

陪护人员陪同病人散步、上卫生间洗澡或洗漱时，应让病人穿防滑性能较好的鞋子，行走不便的病人应搀扶。

四、防关节脱位

功能锻炼可预防肌肉挛缩或粘连及关节僵硬变形、促进血液循环、减轻疼痛，使病人舒畅、诱导本体感受意识、增加肌肉在静止时的强度，尤其可增加长期卧床病人的耐力、促使肢体迅速恢复正常功能。动作应轻、慢、稳，防止关节脱位，减少因操作不当而引起的关节疼痛。

五、防交叉感染

陪护人员在护理病人过程中应注意个人卫生，经常洗手，保持床铺清洁、干燥、平整，注意皮肤护理。

六、防痰液堵塞

吸痰是对气管切开术后病人和重危病人经常进行的操作。其操作是否正确，直接影响吸痰效果和病情。应注意以下事项：

1. 防止出血

吸痰动作要轻柔迅速，减少对气管壁的损伤。如病人感到胸骨柄处疼痛及痰中带血，要警惕出血。

2. 防窒息

吸痰前应深呼吸，以提高肺泡内氧分压，然后快速、准确、轻柔地用吸痰管抽吸分泌物。禁忌将吸痰管上下提插。一次吸痰时间不超过 15 秒，较长时间的负压吸引可引起缺氧、呼吸困难而窒息。

七、防意外

当某一个器官产生病变时，会造成病人在病理状态下发生各种异常情况，甚至产生危及生命的严重后果，护工要特别细心护理以免出现意外。为此，需要掌握以下几点。

1. 观察病情

通过观察病人的神志、面色、排泄物、皮肤、睡眠、食欲等可以及早发现异常。对此，陪护人员应早发现早报告，从而控制病情的发展，挽救病人的生命。

2. 使用好约束带

使用约束带时至少每 15 分钟评估病人情况一次，注意约束的松紧度，肢体末端的脉搏、肤色、温度，至少每 2 小时解开约束带 5 分钟，给病人翻身，并协助肢体做被动式运动。

3. 重视心理护理

根据病情，对意识清醒的病人多给予关心和劝慰，使其正确对待疾病，克服悲观失望和急躁烦恼的消极情绪。

第七章　对不同症状病人的照护

一、对发热病人的照护

1. 发热

（1）让病人静卧休息，以减少体力消耗。

（2）每2小时测量一次体温（口温或腋温）。

（3）口温在38℃以上时，即在额头上放置冰袋。

（4）观察病人的皮肤、小便、大便、呼吸和饮食情况，发现异常需尽快与医生联系。

（5）注意室内通风，室温维持在22.2～27.8℃为宜。

（6）病人出汗时要及时擦干，必要时更换干爽衣裤。

（7）吃易消化食物，为保持口腔清洁，可以用开水或淡盐水漱口。

（8）多喝水，例如果汁、温开水或清淡的汤类皆可。不要给冷饮、咖啡等刺激性饮料。

2. 发热兼寒战

发热兼寒战时除了以上需要的物品外，还需要准备热水袋、电热毯等物品。

（1）使用热水袋、电热毯温暖身体。老人、小孩或有麻痹的病人，需注意切勿烫伤。

（2）给病人慢慢喝热开水或热汤。

（3）寒战常常是发热前的征兆，因此要一边注意保暖，一边观察病人的呼吸、脉搏、身体有无异状。

（4）联络医生。

二、对疼痛病人的照护

1. 疼痛

疼痛就是局部身体的不舒适感，这种不舒适感多由于局部身体的破坏。另外，疼痛的强度和病人的心理状况也有关系，病人比较紧张、害怕的时候疼痛会加剧。照护疼痛病人时给予病人心理安慰是非常重要的。

（1）松开衣物，采取最舒适的姿势，尽量不要移动疼痛的部位。

（2）注意观察疼痛的部位、发生时间、间隔时间、痛的性质（闷痛、刺痛、钝痛、剧痛），是否有加剧等情况。

（3）用手轻轻抚摸痛处的周围，以减轻其肌肉的紧张。

（4）利用谈话、听音乐、阅读书报等方式，以转移病人对疼痛的注意力。

（5）剧烈的疼痛，或紧急的疼痛，必须马上送医院诊治。

2. 头痛

（1）保持房间的安静，减少各种声音、光线的刺激，如脚步声、电视声、灯光等。

（2）避免房内有强烈的香水味、恶臭味、香烟味等。

（3）由于近视、远视、青光眼等均会引起头痛，因此凡头痛时，需先到眼科检查眼睛。

（4）分辨头痛性质。

轻微的头痛：通常休息后自然痊愈，应让病人安静休息。

严重的头痛：请观察有无以下现象，如果有，则应送医院处理。

①测量体温看病人有无发热。

②查病人颈部有无僵硬：让病人躺下，双腿伸直。如果他的下颚不能自己接触到胸部，他人也不容易弯曲他的颈部而使他的下颚触胸，则有僵硬现象。

③病人是否出现怪异行为。例如非常失态、失去方向感、不回答问题、编造不实的故事、言行如酒醉等。

④病人腿部和脚部肿胀。

3. 牙痛

牙痛是每个人都会遇到的情况，牙痛的原因大部分为口腔感染，所以保持口腔的清洁对牙痛的预防和治疗十分重要。

（1）清除塞在牙缝内的食物；

（2）用温浓盐水漱口，在痛的脸颊冷敷；

（3）饮食以软质食物为宜；

（4）疼痛严重时要在医生指导下用药。

4. 腹痛

腹痛有时是整个腹部痛，有时是部分腹部痛。如果病人痛得连走路都很困难时，这是很严重的疼痛。不论是轻微的或是剧烈的腹痛，可按如下方法照护：

（1）将腰带或束腹的东西解开，屈膝卧床休息。

（2）给病人保暖。

（3）观察病人有无腹泻或在其粪便中有无寄生虫。

（4）如果腹痛加剧又想呕吐，即送医院处理。

（5）病人下腹部疼痛或排尿时下腹部疼痛，应测量体温，并上医院诊治。

（6）腹部剧烈疼痛者，不要进食。

（7）腹痛时，勿随意使用镇静剂或热敷。

（8）如果病人是妇女，应询问是否与月经来潮有关。必要时，需到妇产科就医。

5. 腰痛

腰痛的病人最好要睡硬板床，这样能让腰部肌肉放松，减轻疼痛。

（1）采用最舒服的姿势安静躺卧。

（2）单纯性的腰痛，可以适当按摩、热敷。

（3）腰扭伤的病人常容易复发，要注意日常生活中避免提重物、举重或扭腰的动作。

6. 关节痛

外伤或感染后发生关节痛时，必须立即就医治疗。

风湿性关节痛的照护法是：

（1）避免关节长久暴露在冷气或在寒冷气温中，同时避免房间内湿气太高。

（2）每日做轻微的运动，洗热水浴，促进血液循环。

（3）关节痛转移时需到医院治疗。

（4）注意关节的保暖。

（5）有以下情况要考虑有无关节感染，必须就医治疗。

①病人有发热现象。

②关节有红、肿、热、痛现象（将手放在受伤的关节上，然后再放在另一正常关节上作比较）。

三、对失眠病人的照护

一般成年人每日睡眠时间为 7～8 小时，当然睡眠时间的长短常因人而异。失眠是指病人因各种原因导致睡眠时间不足，但在非睡眠时间又觉得昏昏欲睡。对失眠病人的照护应做到如下几点：

（1）照护者需耐心倾听病人的主诉，给予心理上的支持。

（2）睡眠时房间灯、光线尽量暗淡，室内安静，室温稍低，为 15～18℃。

（3）睡前避免喝茶、咖啡或吃得过饱等。

（4）睡前入浴，轻轻地按摩，或将足部泡热水。

（5）寝具最好使用惯用的床、棉被等。枕头虽然有高低的嗜好，但高度以 5～6 厘米为宜。

（6）起床和就寝时间最好固定，以养成有规律的生活。

（7）避免肉体与精神的过度疲劳。但是轻度的体操、运动或散步，对促进睡眠有功效。

四、对腹泻病人的照护

每天排泄 3 次以上水样便，就算是腹泻。腹泻会使病人很快地失去水分、盐分和丧失体力，严重时可导致死亡。暴饮暴食，吃太油腻的食物或情绪过分紧张也会导致腹泻。

腹泻病人的照护应做到如下几点：

（1）给病人喝糖盐水，避免脱水，暂时不进食。

（2）腹部保暖，可用大毛巾包裹腹部取暖，卧床休息。

（3）避免吃太硬或高纤维、高脂肪食物，须给予温热、易消化的软性食物。

（4）多次的腹泻会使肛门脱垂、疼痛，故便后要用温水擦洗肛门周围。

（5）按医生指示用药。

（6）腹泻期间伴有恶心、呕吐、发热或便中有血液或黏液混合时，可能表示患有传染性疾病，应立即送医院诊治。

（7）观察病人是否有脱水现象，如有以下症状也应马上送医院诊治。

①幼儿腹泻，应观察其囟门（头顶上柔软部分）是否凹下。

②病人眼睛是否凹陷。

③病人是否口干舌燥。

④捏病人皮肤时，皮肤皱纹是否经过好几秒才能再恢复原状。

⑤脉搏细速。

五、对咳嗽病人的照护

咳嗽是最常见的心肺症状，也是最常因此而延误治疗的症状。照护咳嗽的病人要注意减缓因咳嗽导致的不适。对咳嗽病人的照护应做到如下几点：

（1）安置病人在温暖的房间。若使用暖炉应注意房内勿过度干燥。

（2）勿在病人房间内抽烟。

（3）长期躺卧病人的痰很难消除，病人常因软弱无力而无法咳痰，所以要将病人扶起，鼓励病人每日至少3～5次定时咳嗽、咳痰，并予以协助，如用空心掌自下而上为病人拍背。

（4）用卫生纸擦痰。如病人的病有传染性，应将擦痰的卫生纸烧掉，或将痰吐入内有消毒液的有盖容器后倒入抽水马桶。

（5）对年老体弱、长期卧床丧失主动咳痰能力者，要定时协助翻身，用空心掌自下而上拍背，每日3次。不能自行咳痰的病人，要用棉棒将痰卷出（昏迷者禁用）。

（6）痰中有血丝或异常，应将其留下来给医生看。

（7）咳嗽伴有发热、呼吸困难时，应马上就医。

六、对意识障碍病人的照护

照护意识障碍的病人要防止病人发生意外，同时要协助病人进行日常的生活护理。对意识障碍的病人的照护应做到如下几点：

（1）病人病床要用栏杆围住，以免病人坠床。

（2）注意病人呼吸，防止舌后坠阻塞呼吸道，如果阻塞，即用布包住舌头用力拉出。

（3）有呕吐时，将病人的脸侧向一边，将口内呕吐物清出。

（4）因病人会伴有大小便失禁现象，故需随时进行身体的清洁。

（5）每2小时需翻身1次，按摩受压部位以预防褥疮。

（6）每天早晚进行口腔护理，用镊子夹住湿盐水棉球擦拭口腔，棉球不要过湿，勿呛到病人或吸入病人气管。

（7）要注意病人的保暖。

（8）使用热水袋或电热垫时，注意勿使病人烫伤。

（9）每日测量病人的呼吸和脉搏次数6次，测体温1次。

（9）每天为病人擦拭身体1次，洗脚1次。

第八章　对特殊病人的照护

一、对小儿病人的照护

1. 对新生儿的照护

新生儿的体表面积相对较大，皮下脂肪又较薄，故容易散热，应注意保暖。

小儿出生后立即用清洁、柔软、暖和而干燥的毛巾包裹，放置小儿的桌子棉垫下可放置热水袋，将衣物烘热，这些简单的方法能有效地减少体热丧失。初生4～6小时内小儿体温调节功能差，这个阶段保暖十分重要，应尽量避免沐浴。

如果房间温度低，可使用热水袋保暖，但水温不要太高（在48℃以下），要检查热水袋是否完好，盖子是否旋紧，有无漏水。检查无误后将其安放在小儿身体两侧、脚和头部下，不要压在其身上或四肢上，亦不要直接贴身。要经常换水以保持水温。

对小儿鼻、耳的清洁只限于可见部位，不能往深处盲目地擦，以免造成损伤。口腔两侧颊部的脂肪垫（俗称螳螂子）和齿龈上的黄白色突起物（俗称板牙）都是生理现象，切勿挑割。口腔不要擦洗，以免损伤黏膜引起局部或全身性感染。

刚出生的婴儿可以用消毒棉花或软纱布蘸消毒的植物油，将头皮、面部、耳后、颈部及其他皱褶处擦洗干净。初生儿皮肤有一层干酪样油脂（胎脂），有保护皮肤和减少散热的作用，不必擦去，可任其自行吸收。

新生儿洗澡时要重视环境温度与水温，室温应为 28℃，水温 38℃ 左右。初生两星期内的新生儿沐浴时浴水不要浸入脐部。洗澡完毕尽快将皮肤擦干，并及时穿衣以避免受寒，皮肤皱褶处扑少量滑石粉或婴儿扑粉或六合粉。粉不要扑得太多，以防止粉结成硬块反而损伤皮肤；亦不要直接在脖子上撒粉，以免小儿吸入飞扬的粉末。可将粉撒在成人的手掌上，然后搽到小儿的脖子上。洗澡用婴儿皂或香皂，不宜用洗衣皂。

要勤换尿布。每次大便后要用水将臀部冲洗干净然后擦干。若婴儿皮肤开始发红，每次大便后局部洗净，擦干后立即扑粉或涂鱼肝油凡士林，也可应用婴儿护肤品。洗尿布时一定要将肥皂冲洗干净。脐部护理不当可成为感染的入侵途径，应保持清洁、干燥。

护理新生儿前要洗手。小儿皮肤、黏膜有任何微小损伤或感染时要立即处理。新生儿房间空气要保持新鲜，至少每日通风 2 次，每次 10 分钟。

一般在初生 24 小时内排第一次大、小便。胎粪呈墨绿色。初生几日内尿色偶可呈粉红色。若生后 24 小时内无胎粪排出，则要警惕先天性消化道畸形的可能。生后 48 小时仍不排尿，要注意有无泌尿道畸形。接触新生儿的人数应尽量少，有皮肤、呼吸道、消化道感染者应避免与新生儿接触。护理新生儿前要洗手。小儿皮肤、黏膜有任何微小损伤或感染时应立即处理。居室空气保持新鲜，至少每日通风 2 次，每次 10 分钟。小儿健康成长需要身体和精神上的满足，新生儿期即应注意这样做。新生儿期是感觉功能和运动功能以及思想意识出现的萌芽阶段，虽然新生儿睡眠时间较多，但他们眼睛已能对眼前明亮而鲜艳的东西引起注意，还喜欢看人呢！两耳亦能听到声音。所以要美化小儿所在的环境，使他们有机会"欣赏"美丽的环境，再让他们倾听美妙的音乐，并给予轻柔的抚摸。当哺乳时，小儿看到母亲的亲切面容，听到母亲对他的"谈话"，接受母体舒适的皮肤接触，这些使小儿的身心得到满足的做法其实亦是一种"教养"，有利于他们的成长。所以母爱对新生儿的智能发育很重要。

2. 对婴幼儿的照护

婴幼儿正处于生长发育的旺盛时期，不但要供给足够的热量和各种营养素，还应注意各种营养素（蛋白质、脂肪、碳水化合物、维生素、矿物质等）的合理搭配。

护理婴幼儿时应注意饮食要定时、定量以保持消化系统的正常生理功能。应培养孩子良好的吃饭习惯，饭前应收起玩具，然后让孩子坐好再吃饭，不要边吃边玩。每次不要给过多的饭菜，宁可吃完再添。应让孩子在进餐时情绪愉快，避免过度兴奋，也不要吃饭时责备孩子，否则都可能影响食欲。如发现孩子不肯好好进餐，应查找原因，不要因进餐不好而补充零食。配制小儿食物尽量更换花样，防止养成偏食和挑食的习惯。

婴幼儿应该有个人的生活用品，比如脸盆、毛巾、脚布、手帕、碗、杯子等。幼小婴儿皮肤娇嫩，易受奶水、汗水、大小便等刺激而发生糜烂，尤其是在皮肤皱褶处，如颈项（脖子下）、腋下（胳肢窝下）、臀部（屁股）等，因此要勤清洗，常洗澡。婴儿头皮有时有皮脂溢出，像鱼鳞状污垢，可隔夜涂些煮过冷却的植物油，第二天早晨用肥皂洗去。小儿衣裤和尿布等要勤换洗，晴天尽量放在阳光下曝晒消毒。

婴儿口腔不必擦洗，吃东西后喂些开水，也能起到清洁口腔的作用。2岁以后，在早晨起床和晚上睡觉前用温开水漱口。3岁后乳齿都长全，可开始训练用小牙刷刷牙。4岁后应每天早晚刷牙。

小儿最好穿式样简单、穿脱方便、比较柔软、容易洗涤的衣服，最好采用柔软而吸水性强的棉布，颜色以浅色为好，比较容易发现脏的地方。毛线衣不要贴身穿，以免刺激皮肤。衣服大小要合适，使小儿活动不受限制。小婴儿上衣最好用背后开襟或斜襟式的，不要用纽扣而要用带子，但带子不要绕在胸前绑得太紧。裤子最好用背带，尽量不用裤带或松紧带绑紧胸部，以免妨碍呼吸运动和胸廓的发育。当小儿不用尿布时，要训练穿满裆裤，可以避免冬季受寒或女孩坐地玩耍时污染外阴得尿路感染，还可以避免玩弄生殖器的坏习惯。小儿穿衣应避免过多，可根据气温随时增减。

小儿不会走路时，鞋子要用软底布鞋；等会走路后，鞋的质地要坚韧，鞋帮要稍高，鞋底要稍宽大些，并做成脚弓形分左右侧。

最好从出生后就开始训练良好的睡眠习惯，每次喂奶后将小儿放在床上，让他自己入睡，不要养成抱、拍、摇等不良习惯。夜间最好和大人分被睡，能单独睡更好。每日应规定睡眠时间，睡前不要使小儿太兴奋，更不可用恐吓哄小儿入睡。卧室空气要流通，但避免对流风。睡前先把窗关上，待脱去衣服盖好被子再开窗。起床前也需把窗关上，以免受凉。冬天可开一扇气窗或每天开窗几次，让空气流通。小儿睡眠时间应根据年龄而异，年龄越小，睡眠时间越长，次数也越多。小儿生性好奇，又不懂事，还不能保护自己，容易发生意外，应注意不要让幼小婴儿蒙被睡，以免熟睡后发生窒息。

较大婴儿喜欢抓东西往嘴里送，这时不要让小孩接触尖头的小东西，比如别针、钉子、碎玻璃、小石头、纽扣、硬币等。小儿哭闹时，不要让他吃糖块、花生米和豆类。吃东西时不要逗笑，以免食物呛入气管。等到会爬行和走动后，小孩喜欢爬高、爱活动，容易发生跌伤事故，这时在其小床边、窗户、阳台等处要设置栏杆。热水瓶、热粥、热汤等要放在小孩碰不到的地方，以避免烫伤。电插座最好放在高点的地方。家中如备有常用药，不论外用或内服都需妥善收藏，以免小儿误服。

3. 对儿童、少年的照护

儿童的消化能力较成人差，胃的容量不大，胃壁又薄，容易发生消化不良，故护理儿童时应注意饮食卫生和合理营养。儿童的呼吸道比成人短而且狭小，护理时要注意预防感冒。儿童的皮肤细嫩，表皮易剥脱，皮肤易生皮肤病，因此应经常洗澡、勤换内衣，以防止皮肤病发生。

儿童听觉器官要到 12 岁才发育完善，不可用尖硬东西或手指挖耳，保持耳内清洁，避免脏物和水流入耳内，游泳后注意把耳朵内的水清除干净。房间里要减少噪声。随身听、半导体收音机应适当使用，不应当将耳机长时间戴在耳内，以防听力减退。

二、对老年病人的照护

1. 老年人的体质变化

人体衰老是全身性的、很复杂的演变过程，主要表现为生理功能下降和躯干形态上的退变两个方面。人到老年期，大脑中枢和周围神经系统发生退变，脑细胞数减少、组织萎缩、容积缩小、血流量下降、脑功能逐渐减退，出现思维变慢、记忆下降、情绪不稳、自控减弱、对外界刺激的适应能力减弱等现象。身体的各系统和各脏器都有不同程度的器质性和功能性减退，其中心、肾、肺等重要器官的储备能力下降较明显。机体内环境处于亚平衡的临界状态，在代偿良好的情况下，尚可维持正常的生理功能，一旦发生突然变化，常可导致强烈的反应，甚至引起不可逆转的严重后果。

人体免疫功能与胸腺密切相关，成年开始后胸腺逐步缩小，至老年期几乎完全萎缩，造成免疫功能削弱。另一方面，老年人可以出现自身免疫功能下降现象而损害健康。老人失钙增多，骨质疏松，易致脊柱压缩性骨折、身高降低或脊柱弯曲和驼背，而呈老态龙钟体形。停经后妇女这些变化尤为明显。有的出现老花眼和白内障后，视力下降，视野缩小，感光不够，因此在清晨、傍晚、走路或阅读时，总是要求光线亮些。在光线不足的楼梯、台阶容易发生失足跌倒。老年人听力普遍下降，尤其在讲话快、内容新、语句复杂、周围有杂音干扰的情况下，听力障碍更加突出。牙齿缺失、牙齿排列不齐和牙病在老年人中常见，这不但会妨害咀嚼，影响消化吸收，还会造成发声不准，影响交谈。另外，多处缺牙会使面部萎陷，影响外貌仪容。及时镶牙纠正，不但可改善消化功能，而且使面貌恢复丰满，增强老年人的自信心，改善老年人的生活质量。

2. 对老年病人的护理

为了让老年病人减轻疾病造成的痛苦，提高生存质量，延长寿命。我们在护理中要更加尽心，格外注意。

（1）对老年病人要细心、耐心。岁数大的人耳聋眼花，所答非所问，啰嗦絮叨，特别患病后脾气会变坏，固执、猜疑、乱发脾气，此时更需要我们给老年病人多一分理解与关怀，对他们要和蔼温柔，多给一些心理上安慰，多与他们聊天，多听一听他们的倾诉，切不可与老人对着吵或不搭理。

（2）对老年病人护理动作要轻柔，照顾要细致。特别是给老年病人翻身、擦身、按摩或递放便盆时，动作一定要和缓温柔。为了让病人感到舒适，还要注意一些细节，比如给病人喝水时，水温一定要合适，以免烫伤病人口腔黏膜；给病人用搪瓷便盆时，要用温水涮一下，使病人不感到过凉，等等。

（3）防止并发症。如对久病卧床的老人，特别要注意避免发生褥疮，并要多按摩肘、踝、肩胛骨、背、臀等受压部位。

（4）注意老年病人的居室环境。如居室通风要好，光线要柔和，不要让病人直接对着窗户，居室布置要温馨和谐，电视机、音响等音量不要过大。

（5）注意老年病人的卫生护理。对卧床的老人要坚持每日为其洗脸、洗脚，清洁会阴、口腔，经常擦浴，经常更换衣褥、枕巾、床单、被罩，使老年病人有一个舒适卫生的环境。

（6）老年病人的饮食要可口易消化，营养要丰富均衡。每天保证一定量的水果蔬菜，防止老年性便秘。

（7）细心观察病情。老年人的身体状况或病情容易发生突变，而且常常缺乏先兆征象。所以对老年病人的细微变化和新出现的症状都要引起高度重视，并及时报告医生。

病人处于终末阶段时，应提供周到、全面的护理，要体贴入微地照顾，尊重病人的意见，满足病人合理的要求。

三、对临终病人的照护

临终病人对死亡是十分敏感的，不能随便在病人面前说"你来晚了"或"你的病太重了，已经无法挽救了"之类的话。和这类病人接触时，不能随便出现摇头、皱眉、叹息等表情。因为即使没有说话，但这些动作和表情属于非语言性信息，同样可以影响和增加病人的猜疑、焦虑和恐惧心理。临终病人在濒临死亡的威胁下，常常性情急躁，易发脾气，有时态度蛮横。这种表现实际是病人宣泄内心痛苦以及内心压抑情感的一种表达方式。护理人员每次接触病人时都要轻声细语、面带微笑地询问病情，了解病人的要求，并尽力予以解决。

对临终病人的照护与其他病人是不完全相同的。因为，死亡被看做是一种自然的过程，不必徒费力气去延长病人的寿命，主要是多做使病人感到舒适的措施。护理人员应取得病人的信赖，协助护士做好每日的生活及医疗护理，如每日测体温、脉搏、血压、呼吸各 4 次，严密观察病情变化。每日口腔护理 2 次，保持口腔清洁。时常为患者翻身、抚摸擦拭背部，局部按摩。每晚用热水擦浴及洗足一次。还应详细观察记录病人的各种生理变化、心理反应，供医生处理病情时参考。总之，护理人员要负责病人全天候的照顾，并协助家属帮助病人整理病室，代劳日常琐事。

第九章 简易护理技术

简易护理技术是护工在照护病人过程中常用的技术，如搬运病人、清洁病人、喂食喂药等，作为护工均应熟练掌握。

一、移动和搬运病人

1. 助病人移向床头法

这种方法适用于长期卧床尤其是半卧位的病人。由于病人身体重心常常滑向床尾而不能自己调整体位，因此可由护工协助其移动，使之保持舒适体位。具体方法如下：

（1）自己能转动的病人，只需一位护工协助（图1）。

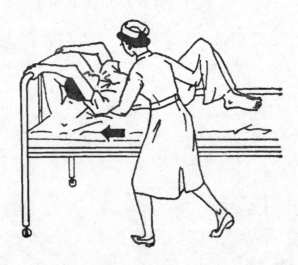

图1

第一步：松开盖被，视病情放平靠背架。

第二步：将枕头横立床头，避免撞伤病人。

第三步：病人仰卧屈膝，双手握住床头竖栏，也可抓住床沿或搭在护工肩部。

第四步：护工要应用节力方法，双脚分开，一脚在前一脚在后，呈弓箭步；一手托在病人肩下，另一手托臀下，让病人两臂用力，双脚抵床，抬起身体。这时护工托住病人的重心顺势向床头移动。

第五步：放回枕头，视病情支起靠背架，整理床铺。

（2）自己不能转动的病人，需两位护工协调操作。

第一种方法：

第一步：松开盖被，视病情放平靠背架。

第二步：将枕头横立床头，避免撞伤病人。

第三步：在病人的肩至臀部垫双层中单。

第四步：两位护工分别立于床的两侧，各自将松垂的中单向上卷至病人身旁。

第五步：分别抓住两侧卷至肩与臀部的中单两端，同时用力将中单绷紧、抬高，使之离开床面，移向床头。

第六步：帮助病人取舒适卧位。

第七步：放回枕头，酌情支起靠背架，整理床铺。

第二种方法：

第一步：松开盖被，视病情放平靠背架。

第二步：将枕头横立床头，避免撞伤病人。

第三步：两位护工分别站在病床两侧，各自用一手托住病人肩部，一手托臀部，合力上移；或一人托住病人背及臀部，同时抬起病人移向床头（图2）。其他同上法。

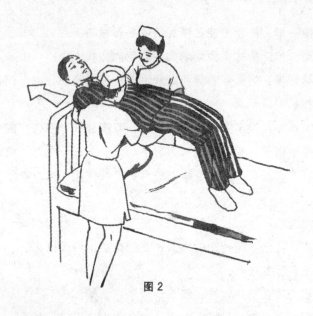

图 2

2. 轮椅法

这种方法用于运送不能行走的病人。运送前要准备好轮椅，还要按季节备毛毯、别针，需要时备外衣。具体方法有两种：

（1）助病人坐轮椅法（图 3）。

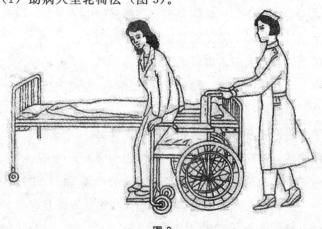

图 3

第一步：将轮椅推至床旁，椅背和床尾平齐，面向床头。

第二步：扶病人坐起，披上外衣，穿鞋，下地。

第三步：拉起两侧扶手旁的车闸，以固定轮椅；若无车闸，则需护工站在轮椅后面，固定轮椅。嘱病人扶着轮椅的扶手，尽量靠后坐，身体勿向前倾或自行下车，以免跌倒。

第四步：翻转踏脚板，供病人踏脚。

第五步：在推轮椅行进的过程中要注意安全，保持舒适坐位。推车下坡时减慢速度，过门槛时翘起前轮，使病人的头、背后倾，并嘱抓住扶手，以防发生意外。

第六步：注意观察病情。

（2）助病人下轮椅法。将轮椅推至床边，固定轮椅，翻起踏脚板，扶病人下轮椅。

3．平车运送法

这种方法用于运送不能起床的病人去手术室、特殊检查、治疗室等。运送前要准备好平车、棉褥、床单、棉被或毛毯、枕头等。具体方法有两种：

（1）**挪动法**（图4）。对病情许可、能在床上配合动作的病人，可用此法。

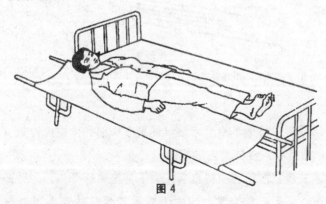

图4

第一步：检查平车有无损坏，移开床旁桌、椅。将平车推至床边，并紧靠床边。

第二步：护工在旁抵住平车，协助病人移向平车，将其上身、臀部、下肢顺序向平车挪动；使病人卧于舒适位置；回床时，先助其移动下肢，再移动上半身。

第三步：用床单或盖被包裹病人，露出头部，先盖脚部，然后盖好两侧上层边缘及两侧向内折叠，使之整齐美观。

第四步：整理床铺。

（2）单人搬运法（图5）。此法适用于患儿及病情许可、体重较轻者。

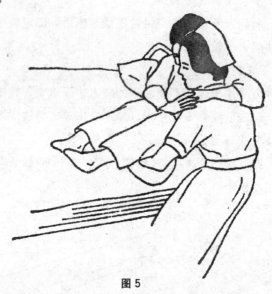

图5

第一步：将平车推至床尾，使平车头部和床尾成钝角（大于90°），搬运者站在钝角内的床边。

第二步：搬运者一臂自病人腋下伸至肩部外侧，一臂伸入病人股下，病人双臂交叉，依附于搬运者颈部并双手用力握住搬运者。

第三步：搬运者托起病人，移步转身，将病人轻轻放于平车上，盖好盖被。

第四步：整理床铺。

(3) 二人、三人搬运法（图6、7）。此法用于不能自己活动、

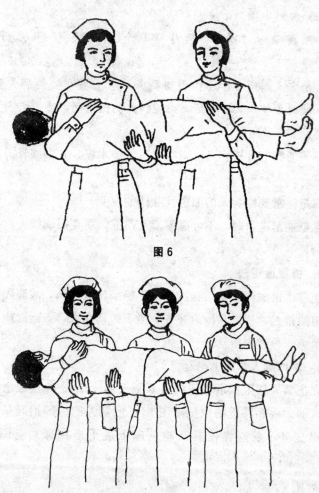

图6

图7

体重较重者。平车放置同单人搬运法。松开盖被，将病人上肢交叉置于胸前。甲乙二人搬运时，甲托住病人颈肩部与腰部，乙托住臀部与腘窝处；三人搬运时，甲托住病人的头颈、肩背部，乙托住腰、臀部，丙托住腘窝、腿部之后，同时抬起病人，并使之身体稍向搬运者倾斜移至平车上，盖好被盖。

（4）注意事项：

一是在搬运过程中，要注意安全、舒适、保暖，动作要轻稳。

二是多人搬运时，动作要协调一致，上坡时要使病人头在前，下坡时要使病人头在后，以免病人头低垂而不适，给病人以安全感。

三是遇搬运骨折病人时，应在车上垫木板，并做好骨折部位的固定。

四是注意观察病人的面色及脉搏的改变。

五是推车进行时，不可碰撞墙及门框，避免震动病人，损坏建筑物。

4. 担架运送法

担架运送法同平车运送法。由于担架位置较低，故应先由两人将担架抬起，使之和床沿并齐，便于搬动病人，搬运时应尽量保持平稳，忌过分摆动。

5. 协助病人从床上坐起

先把病人移至床沿，使病人双膝支起来（图8）；再把手伸到病人的颈后和膝盖的内侧（图9）；把病人的头部抬起来，两腿伸出床外；就这样使其双腿从床上放下坐在床边（图10、11）。

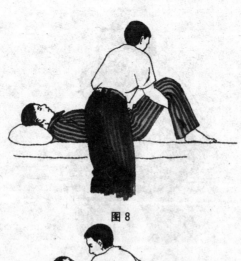

图 8

图 9

图 10

图 11

6. 协助病人下床站立

如图 12、13 所示，助病人从床上坐起后，让病人身体稍向

图 12

前弯曲；把手伸入患者腋下，并用双膝顶住病人的双膝（图14）；用力将病人向上抱起；让他站立起来（图15）。

图 13

图 14

图 15

二、常用卧位

病人在床上的卧位，可以是病人根据病情自己采取舒适卧位或被安置在特定的卧位上。护工应了解常用卧位的作用，以便在护士指导下照顾好病人，并正确地帮助病人变换卧位。

1. 仰卧位

（1）去枕仰卧位：其适用对象为全身麻醉未清醒或昏迷病人、椎管内麻醉或脊髓腔穿刺后病人。实施时，应协助病人去枕仰卧，头偏向一侧，两臂放于身体两侧，枕头横放于床头（图 16）。

（2）屈膝仰卧位：其适用对象是需要接受腹部检查或接受导

58

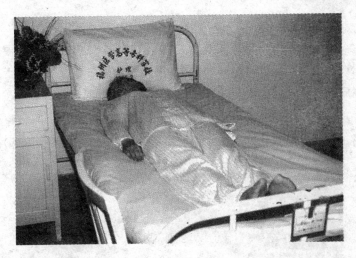

图 16

尿、会阴冲洗等病人。实施时，病人仰卧，头下垫枕，两臂放于身体两侧，两膝屈起，并稍向外分开（图 17）。检查或操作时，注意病人的保暖及保护。

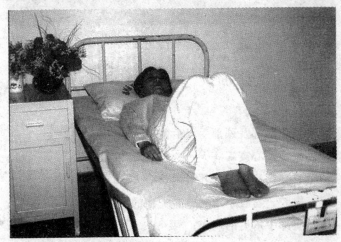

图 17

2. 侧卧位

适用对象：一是接受灌肠、肛门检查及配合胃镜检查等病人；二是预防压疮（也称褥疮）。侧卧位与平卧位交替，便于护理局部受压部位。实施时可让病人侧卧，两臂屈肘，一手放在枕旁，一手放在胸前，下腿伸直，上腿弯曲。在两膝之间、胸腹部、背部可放置软枕支撑病人，稳定卧位，使病人舒适(图18)。

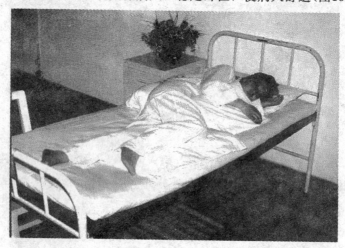

图 18

3. 半坐卧位

适用对象：

(1) 某些面部及颈部手术后的病人；

(2) 急性左心衰竭病人；

(3) 心肺疾病引起的呼吸困难病人；

(4) 腹腔、盆腔手术后或有炎症的病人；

(5) 腹部手术后的病人；

(6) 疾病恢复期体质虚弱的病人。这种姿势可使其逐渐适应体位的改变，有利于向站立过渡。

60

实施时，首先摇床：将摇床头的支架调节成 30°～50°；再摇起膝下支架，以防病人下滑。必要时，床尾可置一枕，垫于病人的足底。放平摇床时，先摇平膝下支架，再摇平床头支架(图19)。

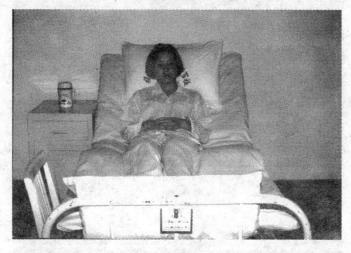

图 19

其次要放置靠背架。将病人上半身抬高，在床褥下放一靠背架，下肢屈膝，用中单包裹膝枕，垫在膝下，中单两端的带子固定于床缘，以防病人下滑。床尾足底垫软枕。

放平时，先放平下肢，再放平床头（图20）。

4. 端坐位

适用对象为心力衰竭、心包积液、支气管哮喘发作的病人。病人由于呼吸极度困难，被迫日夜端坐。实施时，扶病人坐起，用床头支架或靠背架将床头抬高 70°～80°。病人身体稍向前倾，床上放一跨床小桌，桌上放一软枕，病人可伏桌休息（图21）。必要时加床挡，以保证病人安全。

5. 俯卧位

适用对象：

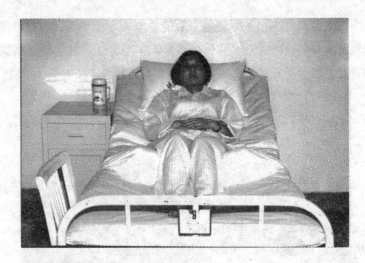

图 20

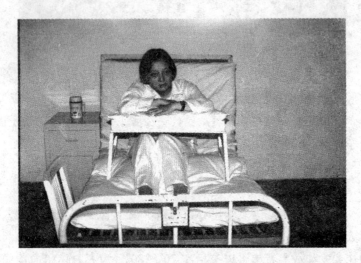

图 21

（1）需作腰背部检查或配合胰、胆管造影检查的病人；

（2）脊椎手术后或腰、背、臀部有伤口，不能平卧或侧卧的病人；

（3）胃肠胀气所致腹痛的病人（因病人取俯卧位时，其腹腔容积增大，可以缓解胃肠胀气所致的腹痛）。

实施时，让病人俯卧，两臂屈曲放于头的两侧，两腿伸直，胸下、髋部及踝部各放一软枕，头偏向一侧（图22）。

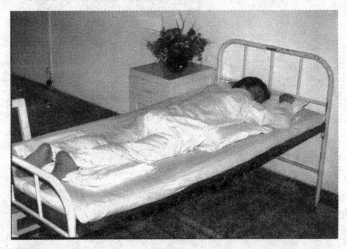

图22

6. 头低足高位

适用范围：

（1）肺部分泌物引流，使痰易于咳出；

（2）十二指肠引流，有利于胆汁引流；

（3）妊娠时胎膜早破，防止脐带脱垂；

（4）跟骨或胫骨结节牵引时，利用人体重力作为反牵引力。

实施时，让病人仰卧，枕头横立于床头，以防碰伤头部。床尾脚用支托物垫高15～30厘米（图23）。注意：这种体位常使病人感到不适，不宜长时间使用。颅内压高者禁用。

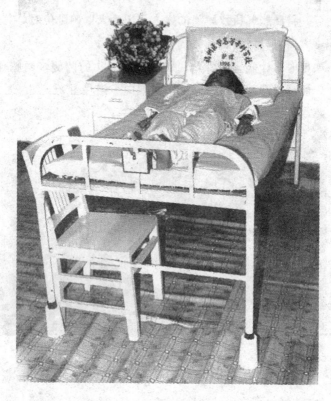

图 23

7. 头高足低位

适用对象：

（1）需作颅骨牵引的颈椎骨折病人，牵引时作为反牵引力；

（2）需减轻颅内压，预防脑水肿的病人；

（3）颅脑手术后的病人。

实施时让病人仰卧，床头脚用支托物垫高 15～30 厘米，或根据病情而定（图 24）。

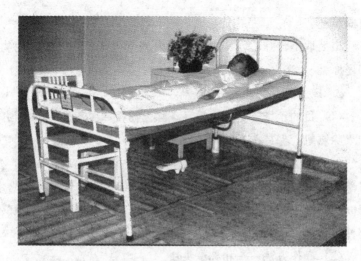

图 24

三、头发护理

1. 床上梳发

（1）目的：梳发可按摩头皮，促进头皮血循环，除去污秽和脱落的头皮，使病人清洁、舒适、美观。

（2）用物：治疗巾、梳子、纸1张（包脱落的头发用），必要时准备发夹、橡皮圈或线绳、50％乙醇。

（3）操作方法：首先向病人作好解释，协助病人抬头，将治疗巾铺于枕头上，将头转向一侧。

接着取下发夹，将头发从中间分为两股，左手握住一股头发，由发梢梳至发根，长发或遇有发结时，可将头发绕在食指上，以免拉得太紧，使病人感到疼痛。如头发已纠结成团，可用50％乙醇湿润后再慢慢梳顺。

先将病人一侧头发梳好后再梳对侧。长发可编成发辫，用橡皮圈结扎。

最后取下治疗巾，将脱落的头发缠紧包于纸中，整理用物，归还原处。

2. 床上洗头

(1) 目的：增进头皮血循环，除去污秽和脱落的头屑，预防和灭除虱蚋，保持头发的清洁，使病人舒适。

(2) 用物：脸盆，搪瓷杯 2 个，大、中、小毛巾各 1 条，橡皮单，纱布、棉球各 2 个，洗发膏或肥皂，梳子，内盛热水 (40~45℃) 的水桶，污水桶。如用洗头车洗头时，应安装好各部件以备用。

(3) 操作方法——扣杯洗头法。

①备好用物，向病人解释清楚，按需要给予便盆，根据季节关门窗，移开桌椅，将热水桶和搪瓷杯放在椅上，另一搪瓷杯扣放脸盆内，杯底部用折成 1/4 大的小毛巾垫好（见图 25）。

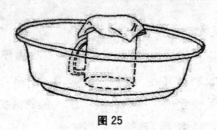

图 25

②让病人仰卧，解开其领扣，将橡皮单、大毛巾铺于枕头上，移枕头于病人肩下，将床头的大毛巾反折，围在病人颈部，将脸盆放病人头下，将其头部枕在扣杯上（图 26）。

③取下发夹，梳通头发，双耳塞棉球，用纱布盖住病人双眼或嘱病人闭上双眼。

④用水将头发浸润湿透，再用洗发膏（肥皂）揉搓头发，按摩头皮，然后用热水边冲边揉搓。盆内污水过多时，可用右手托

66

图 26

起病人头部，左手将扣杯放于橡皮单上，倒掉盆内污水，将病人头部枕在扣杯上。也可利用虹吸原理将污水排出（将橡皮管放在盆内灌满污水，用止血钳拉出一端放于污水桶内，污水即自动流至污水桶）。

⑤洗毕，取出脸盆，将肩下枕头移至头部，让病人将头睡在大毛巾上，取下纱布、棉球，用热毛巾擦干面部，用大毛巾轻揉头发、擦干，用梳子梳顺、散开，必要时可用电吹风吹干头发。若病人为长发者，可为其编结辫子。最后清理用物，整理床铺。

⑥洗发过程中应注意调节水温与室温，以免着凉。还要防止污水溅入眼、耳内。同时注意观察病情，如发现面色、脉搏、呼吸异常时，应停止操作。

四、皮肤护理

1. 盆浴和淋浴

此法适用于全身情况良好的病人，但怀孕 7 个月以上的孕妇禁用盆浴。

（1）用物：脸盆，肥皂，浴巾，毛巾 2 条，拖鞋，清洁衣裤。

（2）操作方法：先携带用物送病人进浴室，关闭门窗，调节室温在 22～24℃以上，浴室不宜闩门，以便发生意外时及时入内。还要向病人交待有关事项，如调节水温的方法，呼叫铃的应用，不宜用湿手接触电源开关，贵重物品如手表、钱包、饰物等应代为存放。然后了解病人入浴时间，如时间过久应予询问，以防发生意外。若遇病人发生晕厥，应立即抬出，让其平卧，注意保暖，并配合医生共同处理。

（3）注意事项：一是饭后须过 1 小时才能进行沐浴，以免影响消化。二是水温不宜太热，室温不宜太高，时间不宜过长，以免发生晕厥或烫伤等意外情况。

2. 床上擦浴法

此法适用于病情较重、生活不能自理的病人。

（1）用物：脸盆，肥皂，浴巾，毛巾 2 条，拖鞋，清洁衣裤。另备热水桶（水温 47～50℃，并根据年龄、季节、生活习惯增减水温），污水桶，清洁被单，50％乙醇，滑石粉，小剪刀。

（2）操作方法：

①备齐用物放于床旁，向病人作好解释，询问需要，征得病人同意后开始操作。必要时关门窗，以屏风遮挡病人。热水桶、污桶放于床旁，移开桌椅，备好脸盆、水、毛巾、肥皂。如病情

许可，放平床上支架。

②将浴巾铺于颈前，松开领扣，先为病人擦洗脸、颈部。将毛巾缠于手上，依次擦洗眼、额、鼻翼、面颊部、嘴部、耳后直至下颌及颈部。

③协助病人侧卧洗双手。脱下上衣（先近侧后远侧，如有外伤则先健侧肢体后患部肢体），在擦洗部位下面铺上大毛巾，按顺序先擦洗两上肢（图27）。

④换热水后擦洗胸腹部，协助病人侧卧，背向护工，依次擦洗颈、背部。

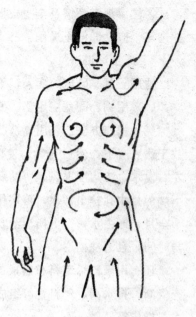

图 27

⑤协助穿上衣，脱下裤子，更换清水及毛巾后，再依次擦洗会阴部、臀部及两下肢至踝部。

⑥将病人两膝屈起，并将浴巾铺于床尾，泡洗双脚，洗净擦干，协助穿裤。

⑦需要时还要修剪指、趾甲，梳头，更换床单，骨突部位用50％乙醇按摩，以防止褥疮的发生，清理用物，归还原处。

（3）注意事项：

①动作要轻稳、敏捷，防止受凉。

②掌握用毛巾擦洗的步骤：先用涂肥皂的湿毛巾擦洗，再用湿毛巾擦净肥皂，最后用浴巾擦干，在擦洗过程中用力要适当，根据情况更换清水（水温要适宜），腋窝及腹股沟等皮肤皱褶处应擦洗干净。

③注意观察病情及全身皮肤情况，如出现寒战、面色苍白、脉速等，应立即停止操作。

3. 床上沐浴法

适用于夏季卧床的病人，不适用于年老体弱的病人。

（1）用物：同盆浴用物，另备塑料水槽。

（2）操作方法：将用物携至床旁，向病人作好解释。将水槽放于病人身下，然后充气，使四周挺起成一槽形盆，放入40℃左右温水，床边围屏风，协助病人脱去衣裤后沐浴。洗净后打开下端的排水孔排出污水，再塞住排水孔换水冲净后排尽污水，擦干全身，撤去水槽，更换清洁衣裤，整理床铺。此法可节省人力与时间，且清洗彻底。

还有用聚乙烯塑料布制成的床上浴盆，由盆体、充气枕头、充气阀、排水阀、塑料管等组成。充气后形状为橡皮船型，体积小，操作简便。

4. 阴部的洗法

（1）目的：保持阴部清洁。阴部是进行排泄的部位，容易污染，如不能保持清洁，就有细菌进入体内的危险。如果可能，每次排泄后都要进行洗涤，至少每天清洗一次。

（2）操作方法。

自己能洗的病人：

备好用物（浴盆、小毛巾、温水）。为促使病人自立（自己恢复能力），对有能力自己洗的病人，尽量让其自己洗（图28、29），护工协助做好准备。

对必须由护工护理的病人：

要重视病人的羞耻感。在洗涤时，护工的手不要直接触及病人的阴部，要用折叠成小块的毛巾等去洗。这是礼貌，不该暴露的部位要盖好。见图30、31、32。

图 28

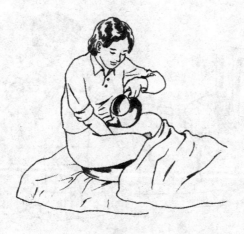

图 29

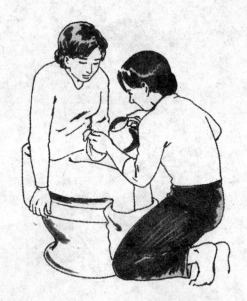

图 30

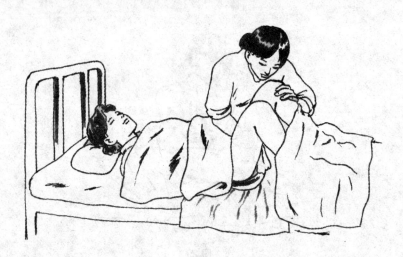

图 31

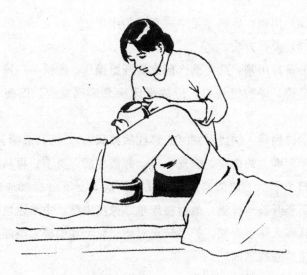

图 32

洗涤时的注意事项：

第一，为了不使细菌进入体内，在洗涤阴部以前，不仅护工要洗手，还必须让病人也洗手；

第二，妇女的尿道短，细菌容易到达膀胱，为了预防感染，必须从前面向后（肛门一侧）洗，毛巾的同一层面，不能再次使用。

第三，尊重照顾病人的隐私，使其暴露的隐私部位要保持在最小限度。

五、卧有病人床的清洁整理

1. 整理

（1）目的：使病床平整、舒适，预防褥疮，保持病室的整洁美观。

（2）用物：床刷、毛巾袋套或扫床巾。

（3）操作方法：

①备好用物，征得病人同意后开始操作。酌情关门窗，移开床旁桌椅，如病情许可，应放平床头及床尾支架，以便于彻底清扫。

②协助病人侧卧对侧（先移枕后移病人），松开近侧各层单，先扫净床铺上的中单、橡皮中单，并搭在病人身上；再从床头至床尾扫净床单上的渣屑，注意枕下及病人身下各层都应彻底扫净。需要时整理褥垫，最后将床单、橡皮中单、中单逐层拉平铺好，将病人移至近侧。护工转至对侧。以上述同样方法逐层清扫各层床单并拉平铺好。

③让病人平卧，整理盖被，将棉被和被套拉平，叠成被筒，为病人盖好。取出枕头扫净、揉松后置于病人头下。

④支起床上支架，移回床旁桌椅，整理好病床，将病室中床旁桌、椅、病床放置妥当。清理用物，取下床刷上的毛巾袋套或扫床消毒巾，洗净后消毒备用。

2. 更换床单

（1）目的：保持床单清洁、平整，使病人舒适。

（2）用物：床单，中单，被套（反面在外），枕套，床刷，毛巾袋套或扫床巾。

（3）操作方法：对卧床不起、病情允许翻身侧卧的病人：

①备好用物，向病人作好解释。酌情关好门窗，移开床旁桌椅，按需要协助病人排便。

病情许可时，放平床上支架。清洁被服按顺序放椅上（酌情）。

②协助病人侧卧于床的对侧，枕头与病人一起移向对侧。

③松开近侧各层床单，将中单卷入病人身下，扫净橡皮中单

并搭于病人身上；再将床单卷入身下，扫净褥垫，铺清洁床单；将其中缝与床中线对齐，一半塞于病人身下，近侧的半幅床单自床头、床尾、中间先后展平拉紧，折成斜角塞入床垫下；放平橡皮中单，铺清洁中单，连同橡皮中单一起塞入床垫下。

④协助病人侧卧于清洁单上，转至对侧，松开各层单，撤出污中单系于床尾床挡当作污袋；扫净橡皮中单，拉出清洁中单一起搭于病人身上，将脏床单卷至床尾撤出并投入污袋，扫净褥垫，依次将清洁床单、橡皮中单、中单逐层拉平铺好。

⑤协助病人仰卧，撤除污被套（解开被套尾端带子，将尾端拉向被头，使其在棉胎下拉平，不翻转，以免身体接触棉胎），将清洁被套铺在棉胎上，封口端与被头平齐，从床尾端向床头被头翻转拉平，同时撤出污被套，系被套尾端带子，叠成被筒为病人盖好。

⑥一手托起病人头颈部，另一手迅速取出枕头，取下污枕套，扫净枕心，换上清洁枕套，置于病人头下。

⑦协助病人取舒适卧位，移回床旁桌椅，清理用物，归还原处。

对不能翻身侧卧病人的更换床单法：

①备物至床旁，向病人作好解释。酌情关好门窗，移开床旁桌椅，按需要协助病人排便。病情许可时，放平床上支架。清洁被服按顺序放椅子上（酌情）。

②一手托起病人头部，另一手取出枕头，放于床尾椅上，松开床单、中单、橡皮中单，横卷成筒式，将污床单卷至肩下。

③将清洁床单横卷成筒状铺在床头，中线对齐，铺好床头床单，然后抬起病人上半身，将各层污单从床头卷至病人臀下，同时将清洁床单拉至臀部。

④放下病人上半身，抬起臀部，迅速撤出各层污单，将清洁

床单拉至床尾，拉平铺好。

⑤先铺好一侧清洁中单及橡皮中单，余下半幅塞于病人身下，转至对侧以同样方法铺好。

⑥更换被套、枕套等同上法。

注意事项：

一是动作敏捷轻稳，不要过多翻动和暴露病人，以免疲劳及受凉。

二是注意观察病情及病人的皮肤有无异常改变，带引流管的病人要防止管子扭曲受压或脱落。

三是更换床单中应运用人体力学原理，这样可以节省体力和时间，提高工作效率。

另有一种简便的更换床单法是：将干净床单的一边与污床单的一边对齐，用3个别针固定，然后轻轻抬起病人，在一侧撤出污床单，用干净床单随之代替。

六、进食、喂食的照护

为了合理地安排病人进食，应根据病情做好以下工作。

1. 进食前

（1）环境的准备：进餐前注意病室卫生，清除一切污物，停止一切不必要的治疗和检查，保持安静清洁的环境，同时备好清洁的餐具。要除去不良气味和不良的视觉影响。

（2）病人的准备：对卧床病人按需要给予便器，用后撤去，协助洗手，扶助老弱病人坐起或用床上小桌。

（3）护工准备：衣帽应整洁，戴好口罩，操作前洗净双手。

2. 进食时

（1）对能自己进食的病人，护工应及时将热饭、热菜备好放在病人容易取到的位置。

（2）对不能自行进食者，应耐心喂食，注意速度适中、温度适宜。

喂食方法：首先用餐巾或病人的干毛巾围在病人颌下以保持衣被清洁；接着协助病人取舒适的卧位，头偏向护工一侧；然后给病人喂食。喂食时要耐心，每匙量不可过多，待病人完全咽下后再喂第二口，食温和食量要适宜。

喂水方法：病人如需要协助饮水或进流质膳食，可用饮水管吸吮（图33）。通常采用一次性塑料管为宜，若用玻璃吸管，使用后必须冲洗干净，防止细菌污染，以备再用。

图33

（2）对鼻饲病人灌注时应注意：

第一，灌食食物温度宜37～40℃，不宜过烫，防止烫伤食管，每次灌食量，不超过250毫升。

第二，不要灌入易产气或油腻的食物，也应注意食物是否新鲜、有无异味或沉淀物。

第三，每次灌完液体之前，应先反折鼻胃管末端开口处，防止空气进入。灌食过程中，若病人有异常情形，应立即停止灌食，并通知医生。

第四，灌食速度应缓慢。

3. 进食后

进食后要协助病人漱口，除去餐巾，清理餐具，整理床铺。

七、给药法

1. 药物的种类

药物的种类很多，这里只介绍内服药和外用药。

（1）内服药：内服药即从口吃（饮）进的药，占总药量的60％，因其最安全、简便而被广泛地采用。

内服药由口进入以后，经过食管，到达胃，由胃液加以溶解。其中也有被胃就地吸收的药，而大部分要在胃以下的小肠中被吸收。于是，经过门静脉，内服药在肝脏被分解，再送往心脏，通过动脉，运送到各器官中去。这样，内服药从喝入直至到达器官需要一定的时间。

（2）外用药：

粘贴药：指用药布等贴在皮肤上的一类药。因为药物成分可以从皮肤直接渗透，所以奏效很快，副作用也比较少。但是贴在醒目的部位有碍观瞻。

软膏和乳脂：主要用于皮肤干燥的地方，最近出现了由血管吸收对全身奏效的这类药物。

喷雾剂：指直接喷到皮肤、咽喉、气管等部位的药物。

眼药水、眼药膏：指用以治疗眼部感染病的药物，有药水和眼膏两种。

滴鼻药：治疗鼻部炎症等疾患的药物。

栓剂：插入肛门或阴道，因药效成分直接被黏膜吸收，所以比内服药效果更快。

含漱剂：指用于治疗口腔炎症、可放于口腔含化或用其洗漱口腔的药物。

2. 给药方法

给药法见图34。

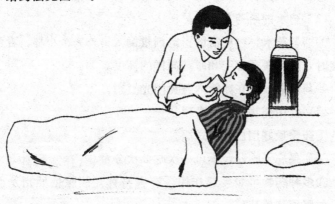

图34

（1）正确的药物使用法。用药如果超过有效剂量，将产生中毒，因此服用药物必须遵守指定的剂量，正确地使用，按时间使用，以发挥药物的最大功效。

（2）药粉、药片给药法：

①准备一杯开水。为病人送药前，先让他含一小口水。

②水在口中状态下，倒入药粉或放入药片于舌头中央，尽量靠近喉处，再给少许水（图35、36）。

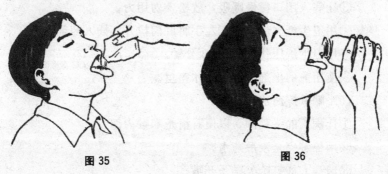

图35

图36

③让病人吞下药和水，之后可以再给开水。

④粉末状药物可以少量多次地给予。

（3）药水的给药方法：

①摇匀药水，将所需的指定剂量倒入另外一个小杯，看药水刻度时，应将瓶子置于和眼睛同样的高度。

②药水需放置在冰箱内避免阳光直射。

（4）使用药物的注意事项：

①药物最好用白开水送服。

②如果忘了吃药，不可一次吃2次分量。

③多种药物可能互起作用，有害身体，故除依照指示服药外，勿服用其他药。

④药物需存放在干燥瓶内或冰箱内，瓶上贴上写明药名的标签。

⑤服用剩余的药物，最好丢掉。

⑥必须留在病人身边，直到病人服完药才离开。

⑦勿在暗处取药，以免发生错误。

（5）坐剂给药方法：

①向病人说明给药方法，将门关上。

②让病人左侧卧，右大腿屈到胸前。

③让病人用口慢慢呼吸，放松，勿用力。

④用卫生纸夹住坐剂，左手将肛门拉开，插入药剂。

⑤用卫生纸压住肛门2～3分钟。

⑥使用前的坐剂需存放在冰箱里。

（6）咽喉擦药法：

①让病人的头稍仰，以便看清楚咽喉内部。

②用棉签完全浸湿药水。

③请病人如打哈欠样张开嘴。

④充分采光，用布包汤匙柄，轻压舌头中央，在咽喉部大范围地擦药。

(7) 眼药的使用方法：

①照护者先洗净手。

②让病人往上看，将其下眼睑拉下。

③在病人下眼睑内滴药水或挤眼药膏。

④让病人闭上眼，用棉花轻轻在眼睑上按摩，以便药物在眼内扩散。

(8) 卧床病人的喂药方法：

①让病人稍微侧过脸来；

②手垫在病人的脖后，让他稍微抬起头来；

③将药放在病人舌上；

④让病人用吸管吸温开水或喂水冲服。

(9) 片剂、胶囊剂的服用方法：

片剂：药片较大、病人很难咽下时，可以将其掰碎后服用。

胶囊剂：胶囊是为了不损失药效，使其进入胃肠内再行溶化，必须原封不动地服用。

3. 服用时间

(1) 饭前：饭前 30 分钟服用。

除调节血糖值、增进食欲等药物外，凡进入胃内效用会受到损伤的药物，要在饭前吃，空腹时药物消化、吸收很快，故能迅速发挥作用。

(2) 饭后：饭后 30 分钟服用。

如果胃是空的，服药会引起肠胃障碍时，就采用这种方法。当然，有时只是为了防止忘记服药而要求饭后服用的，因其消化、吸收缓慢，所以作用是平稳的。

(3) 饭间：在饭后 2～3 小时服用，例如在午饭和晚饭之间，并非在吃饭时服用。

（4）其他：

顿服：与吃饭无关，根据需要，随时可以饮用，如解热镇痛药之类。

就寝前：夜里睡眠以前30分钟至1小时前服用。

（5）备注。

假如忘了给病人喂药应采用以下方法补救：

在想起来时，立即补服；

如果已经接近下次服药时间，可放弃漏服的药，下次再按时服用。

漏服饭前药，饭后想起来时可以补服。饭前、饭后药的差别，上面也讲清楚了，但补服总比不服好。

4. 吃药必须喝温开水的原因

吃药不用水，结果会是怎样？

药和温开水（白水）一同饮下时，可以顺畅地通过食管，很快地到达胃里。

然而，在药物中，尤其是胶囊、片剂等，如果无水干吃，容易粘在食管里，甚至在那里引起炎症或溃疡。

其次，吸取水分能提高胃、肠的功能，加强对药的吸收效果。

药、茶或咖啡等能否同时饮用？

这里是否可以认为，既然需要水分，用什么都一样呢？但不能那样说。因为药品的成分可能含有铁剂之类，遇茶水中所含的单宁会阻碍药效的发挥。妨碍药效发挥的因素还有许多，因此用温水（白开水）吃药是最安全的。

八、晨晚间的照护

根据病情需要，对生活自理能力差的病人，于晨间及晚间所进行的生活护理，称为晨晚间护理。

1. 晨间护理

（1）目的：使病人清洁舒适，预防褥疮及肺炎等并发症，保持病室的整洁。

（2）内容：

第一，协助排便，留取标本。

第二，放平床上支架，进行口腔护理，洗脸，洗手（图37、38），帮助病人梳头。

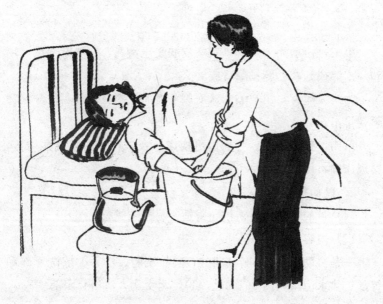

图 37

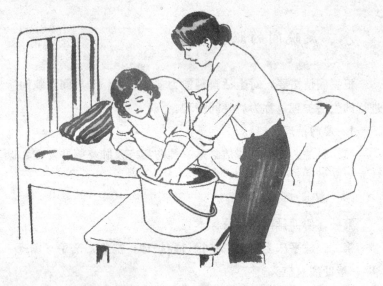

图 38

第三，协助病人翻身，观察皮肤受压情况，擦洗背部后，用50％乙醇或红花乙醇按摩骨突处。

为病人叩背，用空心掌从肩胛下角向上拍打，使黏性分泌物顺利排出。

第四，整理病床，可酌情更换床单及衣裤，注意观察病情，整理床铺，协助进食早餐。

2．晚间护理

（1）目的：使病人清洁、舒适，易于入睡。

（2）内容：

一是协助病人漱口（口腔护理）、洗脸、洗手、擦洗背部和臀部、热水泡脚（图39、40、41），为女病人清洁会阴部。

二是进行预防褥疮的护理，整理床铺，必要时协助排便，挂好蚊帐，将便器置于易取处，用物归位。

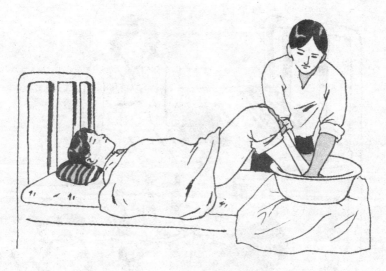

图 39

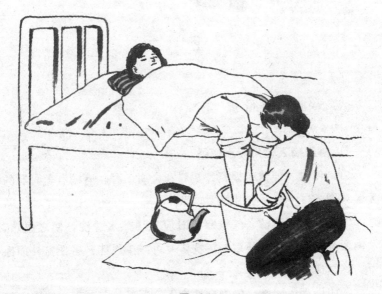

图 40

85

图 41

九、排泄的照护

1. 协助病人使用大小便器

（1）便盆。便盆有搪瓷、塑料和金属 3 种，有的有盖，有的无盖（图 42、43）。使用方法如下：

①便器必须清洁，气候寒冷时应先用热水冲洗，使之温热，盆内留少量水，使大便后易清洗，并可减少气味，将便盆外面擦干，移至床旁备用。

②协助病人脱裤。能配合的病人，嘱其抬起背部，屈膝，双脚向下蹬在床上，同时抬起臀部，护工一手抬起病人臀部，另一

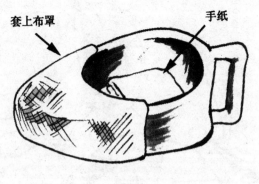

套上布罩

手纸

图 42

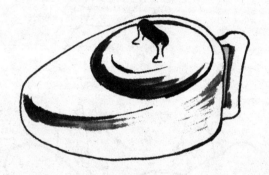

图 43

手将便盆置于臀下（图44）。这时，护工可以与患者随便聊点什么，使气氛协调。如病人不能配合，应先将病人转向一侧，把便盆对着病人臀部，护工一手紧按便盆，另一手帮助病人向回转身至便盆上。病情允许时，可抬高床头，以减少病人背部的疲劳。

③女病人可用手纸折成长方形，置于耻骨联合上方，以防尿液溅出污染被褥（图45）。给男病人递便盆时，应同时递给便壶，不要用掉瓷的便盆，以免损伤病人的皮肤。

④将手纸及信号灯开关放在近旁易取处，护工可暂时离开，

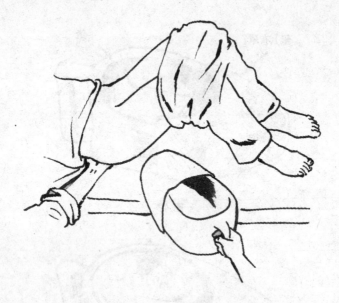

图 44

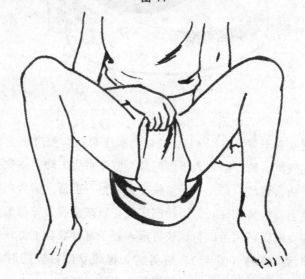

图 45

在门外等候片刻。

⑤大便完毕，放平床头，嘱病人双脚蹬床，抬起臀部，擦净肛门，取出便盆。协助病人穿裤，整理病床。必要时需观察排泄物性状、颜色、量及异常情况，留取标本送验。

⑥及时倒掉排泄物，用冷水洗净便器（热水清洗，可使蛋白质凝固，不易洗净便器），放回原处，协助病人洗手，开窗通风。

（2）便壶。便壶有搪瓷和塑料两种，有专为卧床男病人准备的（图46、47），有专为女病人准备的广口女式便壶（图48）。使用方法如下：

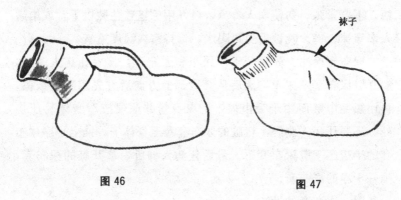

袜子

图46　　　　　　　　　　**图47**

①能自行排尿者，向其交待使用方法，取出便壶时，要将壶颈向上倾斜，以防尿液溅出污染床单。

②排尿后根据需要观察尿液情况，测量尿量并记录。使用后的便壶处理与便盆相同。

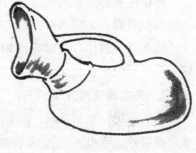

图48

③膀胱胀、但无法解出小便时，可使用热毛巾热敷腹部；或

在会阴部冲流温水；或给病人听流水的声音以促发解尿意识；另外，最好让病人起来坐便盆解尿。

④对尿失禁病人，每2～3小时递送便器一次，帮助病人有意识地控制或引起排尿，并指导病人作会阴部肌肉锻炼，每日数次使其收缩及放松，以增强尿道括约肌的收缩功能。

用物准备：尿布、尿布套、橡皮单或塑料单、热毛巾、热水、脸盆、卫生纸、爽身粉、污物桶等。

尿布放置法：男病人使用尿布时，将前端垫厚；女病人使用尿布时，将后端（臀部处）垫厚。注意事项：尽量使病人心情放松，不要紧张。勿使病人着凉，最好用毛毯盖住膝以下，或给病人多穿袜、裤。晚饭后勿再喝水，保持室内温度适宜。

尿布更换法：先展开干净尿布和尿布套，接着让病人平躺，解开脏尿布套及尿布，然后从会阴部前方向后方先用卫生纸擦，再用热毛巾继而用干毛巾擦，上爽身粉并顺便按摩身体易压伤处。还要让病人侧卧，将脏的尿布套卷至身体下，铺上干净尿布套的半边压于脏尿布套下。最后让病人仰卧，拿开脏的尿布套，铺好干净的尿布套。

附：尿布套的做法。

制作尿布套的材料：应选用吸水性高、质软、耐洗、便宜、易购得的布料。如塑料布、旧毛巾或毛织布料、腰带等。

尿布套的制作：应用毛线钩制或使用毛织布料做成通气良好、合尺寸的套子。

2. 开塞露使用方法

（1）用物：灌肠药球、温水、塑料布或橡皮单、卫生纸、便盆、爽身粉、毛巾。

（2）步骤：

①将灌肠药球温热至体温的热度。

②在插入口开洞，将药液挤出少许润滑插入口，使其容易进入病人肛门。

③如果使用一个药球不产生效果，可用二三个。

④让病人左侧卧，右腿靠腹部。

⑤睡衣卷至腰部或脱裤，在腰部下铺橡皮单。

⑥病人用口慢慢呼吸，心情放松。

⑦照护者用左手将肛门撑开，右手拿灌肠药球，将插入部挤入肛门。

⑧用力压容器将球内药液注入。

⑨用卫生纸压肛门5～10分钟，请病人尽量忍住。

⑩一边放便盆一边使病人仰卧。

3. 协助病人坐便椅

自己能活动的病人，尽量带到厕所去排便，不方便去厕所但又能起床的病人就用便椅排便（图49～52）。

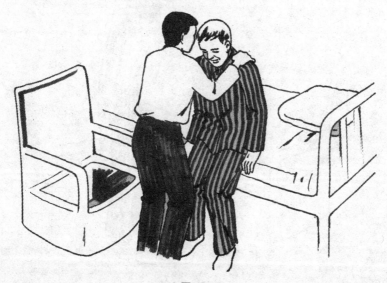

图49

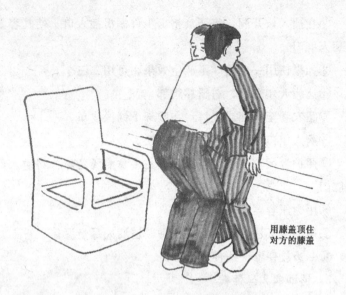

用膝盖顶住
对方的膝盖

图 50

图 51

图 52

十、褥疮的预防

长期卧床的病人因长期受压引起神经营养紊乱及血液循环障碍，软组织持续缺血，营养不良，使皮肤抵抗力降低，出现皮肤溃破和组织坏死现象，应避免局部长期受压，经常协助病人变换卧位，使骨骼突出部位轮流承受身体重量，防止褥疮的发生。控制褥疮发生的关键是预防，措施落实即可避免褥疮的发生，减少病人的痛苦，提高疗效。因此要求做到勤翻身、勤擦洗、勤按摩、勤整理、勤更换。

1. 避免局部组织长期受压

（1）经常更换与床接触的体位，使骨骼突出部位交替承受压力，减轻压迫。协助长期卧床的病人翻身，每2～3小时翻身一次，最长时间不超过4小时，必要时每小时翻身一次，建立床头翻身记录卡。翻身时尽量将病人身体抬起，避免拖、拉、推，以防擦伤皮肤。

（2）保护骨隆突处和支持身体空隙处。病人体位安置妥当后，可在身体与床接触的空隙处垫软枕或海绵垫，酌情在骨隆突处和易受压部位垫橡胶气圈、棉圈、水袋（图53、54、55），使受压部位悬空。

图 53

图 54

必要时可用护架抬高被毯。以避免局部受压（图56）。使用气圈时，应充气至1/2～2/3的饱满度，套上布套，布套应平整无折，气门向下放于两腿之间，以免压迫局部组织。水肿和肥胖

94

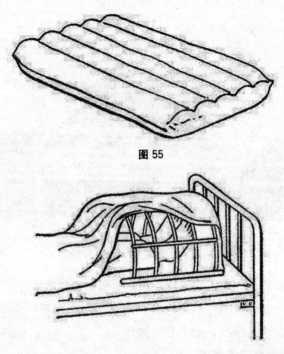

图 55

图 56

者不宜使用气圈，因局部压力重，用气圈反而影响血液循环，妨碍汗液蒸发而刺激皮肤，可选其他支持物。有条件时，可使用喷气式气垫（图57）。其结构分气垫与气泵两部分，中间由导管相连。气垫经气泵充气后，支撑病人身体，可分散体重，减轻对局部表面的压迫，防止血液循环障碍。使用时打开电源15分钟后，气垫膨胀，气垫表面有许多小孔，能自动喷出微风，使病人身体周围的床铺温度下降，保持皮肤干燥。流动的空气还可阻止化脓菌的繁殖，起到防止和治疗褥疮的作用。另外，也可使用交替充气式床垫、水褥、翻身床等。

（3）使用石膏、夹板或其他矫形器械者，衬垫应松紧适度。

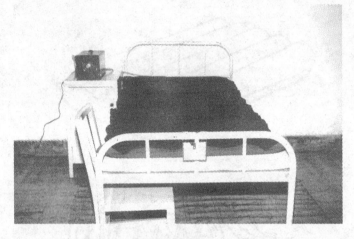

图 57

因为松则易移动，起不到固定作用；紧则影响血液循环。尤其要注意骨骼突起部位的衬垫，应仔细观察局部和肢端皮温的变化，重视病人反映的情况，给予及时调整。

2. 避免局部受刺激

（1）保持床铺清洁、平整、无皱褶，干燥、无碎屑。

（2）有大小便失禁、呕吐、出汗者，应及时擦洗干净，衣服、被单随湿随换；伤口若有分泌物，要及时更换敷料，不可让病人直接卧于橡皮单上。

（3）使用便器时，应选择无破损便器，抬起病人腰骶部，不要强塞硬拉。必要时在便器边缘垫上软纸或布垫，以防擦伤皮肤。

3. 促进血液循环

经常进行温水擦浴，局部按摩，定时用 50％ 乙醇或红花乙醇按摩全背或受压处，达到通经活络、促进血液循环、改善局部营养状况、增强皮肤抵抗力的作用。

（1）按摩手法：

①全背按摩。协助病人俯卧或侧卧，露出背部，先以热水进行擦洗，再将少许药液倒入手掌内做按摩。按摩者斜站病人右侧，左腿弯曲在前，右腿伸直在后，从病人臀部上方开始，沿脊柱旁向上，按摩力量要足够刺激肌肉组织。至肩部时，手法稍轻，转向下至腰部止，此时左腿伸直，右腿弯曲，如此反复有节奏地按摩数次。再用拇指指腹由骶尾部开始沿脊柱按摩至第 7 颈椎处（图 58）。

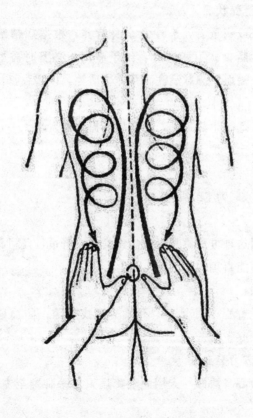

图 58

②局部按摩。蘸少许 50％乙醇，以手掌大小鱼际肌部分紧贴皮肤，向心方向做压力均匀的按摩，由轻到重，由重到轻，每次 3～5 分钟。如局部已出现褥疮的早期症状，按摩时不要在该处加重压力，可用拇指指腹以环状动作由近褥疮处向外按摩。

（2）电动按摩器按摩。电动按摩器是依靠电磁作用，引导治疗器按摩头振动，以代替各种手法按摩。操作者持按摩器，根据不同部位，选择适合的按摩头，紧贴皮肤，进行按摩。

4. 改善营养状况

长期卧床或病重者，应注意全身营养，根据病情给予高蛋白、高维生素膳食。不能进食者给予鼻饲，必要时需加支持疗法，如补液、输血、静脉滴注高营养物质等，以增强抵抗力及组织修复能力。

护工做好基础生活护理，预防病人褥疮的发生，一旦发生褥疮，应交由医生、护士处理。

十一、节力翻身法

目的：用这种方法翻身可使病人安全、舒适，还可预防并发症，适用于不能自理的病人。

操作方法：

要领：托重心，用合力，不抓不捏找空隙；防撞碰，不擦皮，既轻又稳亦省力。

1. 一人节力翻身法

一人节力翻身法即一人用此法将病人从平卧翻至左侧卧位。其步骤是：

（1）护工立于病人右侧，两腿距离 10～15 厘米以维持平衡，重心恒定。将病人左右手交叉置于腹部。

（2）移上身（上身重心在肩背部）。右手将病人右肩稍托起，将左手伸入其肩部，用手掌及手指扶托其颈项部；右手移至对侧左肩背部，用合力抬起病人上身移向近侧。

（3）移下身（下身重心在臀部）。左手伸入病人腘窝，右手扶于足背，使病人双下肢呈屈膝状；将右手沿腿下伸入达尾骶部，左手移至对侧左臀部，用合力抬起病人下身移向近侧。

（4）调整体位。左手扶背，右手扶双膝，轻翻转病人。抬起病人右腿，拉平裤子，托膝使病人屈髋屈膝置于床旁；抬左腿拉平裤子放于床中；平整衣服，以软垫支持病人背部和双腿，取舒适卧位（图59）。侧卧翻平卧，护工立于病人左侧，步骤同上，两手动作相互调整。

2. 两人节力翻身法

两人节力翻身法即两人用此法将病人从平卧翻至侧卧位（图60）。

对于身体肥胖、体重大且不能活动者，如截瘫、偏瘫、昏迷等病人，则宜采用两人协助翻身。

（1）两位护工站在病床的同侧，一人将病人两手放在腹部，托其颈部和腰部，另一人托臀和腘窝部。两人同时将病人抬起移向床缘，分别扶托肩、背、腰、膝部位，轻推使病人转向对侧。

（2）对有插导管者，应先将导管安置妥当，翻身后检查导管，保持通畅。

十二、功能锻炼方法

功能锻炼是病人康复的重要方法，也是防止因长期卧床导致身体正常功能减退的有效措施。下面介绍几种功能锻炼方法：

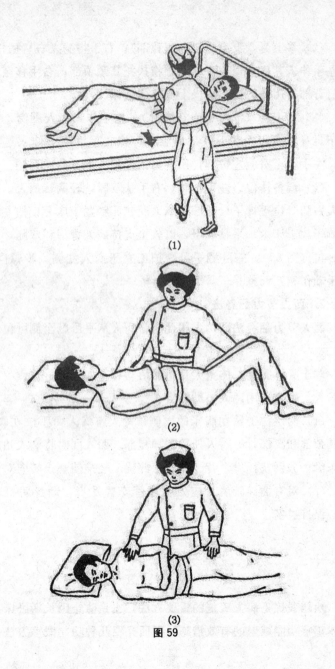

(1)

(2)

(3)
图 59

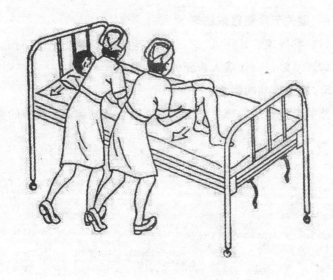

图 60

1. 肩关节环转活动

肩关节环转活动即画圆圈的动作：病人坐位，上臂自然下垂，然后活动上肢，使肩关节做顺时针及逆时针的环转运动（画圈），或做钟摆样前后左右运动。活动范围由小到大，每次活动50～100次即可。

2. 外旋活动练习法

利用病人的手横过面部去触摸对侧的耳朵，以练习肩关节的内收、外旋活动。

3. 掌指关节和指间关节锻炼方法

（1）用力握住各种形状的物体。如火棒、小皮球、杯子等，以锻炼肌力。

（2）揉转石球或核桃。这不仅可练手指的屈、伸、内收，还可训练手外展及协调动作。

4. 髋关节功能锻炼练习

（1）仰卧位：让病人（主动或被动）两腿模仿蛙泳动作。

（2）平卧位：让病人患腿伸直向左右摆动。

5. 膝关节功能锻炼

膝关节被动屈曲练习，让病人平卧，被动练习膝关节的屈伸运动。

图书在版编目（CIP）数据

医疗护理/南京军区福州总医院护理部编著．—福州：
福建科学技术出版社，2005.6
　（农民工学技能丛书）
　ISBN 7-5335-2609-0

　Ⅰ．医…　Ⅱ．南…　Ⅲ．护理-技术培训-教材
Ⅳ．R472

中国版本图书馆 CIP 数据核字（2005）第 032041 号

书　　名	医疗护理	
	农民工学技能丛书	
作　　者	南京军区福州总医院护理部	
出版发行	福建科学技术出版社（福州市东水路76号，邮编350001）	
网　　址	www.fjstp.com	
经　　销	各地新华书店	
排　　版	福建科学技术出版社排版室	
印　　刷	福州市晋安文化印刷厂	
开　　本	850 毫米×1168 毫米　1/32	
印　　张	3.625	
字　　数	77 千字	
版　　次	2005 年 6 月第 1 版	
印　　次	2005 年 6 月第 1 次印刷	
印　　数	1—3 000	
书　　号	ISBN　7-5335-2609-0	
定　　价	6.00 元	

书中如有印装质量问题，可直接向本社调换